ハヤカワ文庫 SF
〈SF2179〉

メカ・サムライ・エンパイア

〔上〕

ピーター・トライアス
中原尚哉訳

早川書房
8168

MECHA SAMURAI EMPIRE
by
Peter Tieryas

Translated by
Naoya Nakahara
First published 2018 in Japan by
HAYAKAWA PUBLISHING, INC.
This book is published in Japan by
arrangement with
HANSEN LITERARY MANAGEMENT, LLC
through TUTTLE-MORI AGENCY, INC., TOKYO.

最高のメカ副パイロットである
妻、アンジェラ・スーへ捧げる

メカ・サムライ・エンパイア〔上〕

登場人物

不二本《ふじもと》 誠《まこと》（マック）…………メカパイロット志望の少年

菊地秀記《きくちひでき》……………………誠の友人

グリゼルダ・ベリンガー……誠の友人。ドイツから来た交換留学生

橘《たちばな》 範子《のりこ》（ノリ）……………誠の同級生。メカパイロット志望

千衛子《ちえこ》………………………ＲＡＭＤＥＴ（ラムズ）訓練生、パイロット

スパイダー…………………同訓練生、パイロット

レン…………………………同訓練生、装塡手

牡丹《ぼたん》………………………同訓練生、ナビゲータ

オリンピア…………………同訓練生、装塡手兼機関手

槻野昭子《つきのあきこ》……………………特別高等警察（特高）課員

山崗《やまおか》 騰《のぼる》 ……………………大佐

誓言

日本合衆国旗と大日本帝国への忠誠を誓う
天皇陛下の御許《みもと》で不可分一体の国家を成し
秩序と正義を遍《あまね》くもたらすものなればなり

グラナダヒルズ
一九九四年冬

1

時間が傷を癒やすというのは疑わしい。僕の傷は悪化するばかりだ。

僕の母方の祖父母は京都出身の日本人で、一九〇〇年代初頭にサンフランシスコに移民してきた。父方の祖父母は在外朝鮮人で、一九四八年に大日本帝国が対米戦勝利をおさめた直後にロサンジェルスに移ってきた。皇国は当時、廃墟化した多くの都市の再建を進めていたので、日本合衆国《USJ》のほうが就業機会が多かったからだ。

両親は一九七四年に、アーバインのとある神社の祭で出会った。父はメカ整備兵で、装甲のメンテナンスが専門だった。母はメカのナビゲータとしてカモシカ號に乗務していた。そして神社で顔をあわせたのが、愛機のブラドリウム粒子生成炉《BPG》を担当した整備兵だと思い出した。二人はいっしょにおみくじを引き、幸運を念じて細い紙片を開いた。すると偶然にも、人生を変える出来事がこの日に起きると、どちらにも書かれていた。二人はおたがいの運勢について冗談を言い、機甲軍の政治についてまじめな意見交換をして、夕食にお気にいりのラーメン屋に行くことを同意した。

それから二年後に僕が生まれた。

もっとも古い両親の記憶は、ロングビーチのメカ工場でのものだ。装甲に守られた脚はビルより大きかった。三歳になる頃には、父がつくったメカのおもちゃでナチス相手に戦った。父は特製の陣羽織もつくってくれた。小さな機械の戦士たちに昔日の武士の外套を着せると、威風堂々として見えた。両親はパイロットとして本物のメカを操縦したことはなかったが、そんな機会を望んでいたはずだ。時間があれば機会が訪れたかもしれない。

当時の皇国軍にとって最大の脅威はドイツ軍ではなく、ジョージ《G》・ワシントン《W》団と名乗るアメリカ人テロ組織だった。ＧＷ団は皇軍兵の耳を切り取ってネックレスにするような蛮族と噂されていた。一九七八年には数百人のテロリストが蜂起してサンディエゴ市庁舎を襲い、数千人の皇国臣民を殺害した。三ヵ月後にはガスランプ・クオーター襲撃事件を起こし、ある将軍夫人をふくむ無辜《むこ》の臣民多数を殺害した。

一九八〇年初めに両親は前線配置を命じられた。数カ月ごとに二人は休暇で帰宅したが、軍での出来事はほとんど話さなかった。父はいつもむっつりと考えこんでいたし、母から愛情らしいものを感じたのは彼女が一人で軍歌を口ずさんでいるときだけだった。

両親の最後の記憶は出発の朝だ。次の帰りはまた三カ月後だと言っていた。着物の上に重ねた羽織の鮮やかな色や豪華な金襴が記憶に残っている。みんな黙って朝食をとった。卵はしょっぱく、アンチョビは硬く、漬け物は味がへんに感じられた。出発するときの二人はたいてい口数少ないのだが、その朝の母は足を止めてもどってきて、僕の額にキスした。

一九八四年は血塗られた一年だった。その年は皇国の多くの子どもが孤児になり、僕もその一人だった。両親は四日間のうちにあいついで戦死した。

通知に訪れた伍長は泣いていた。その戦闘で母に命を救われ、訃報を重く受けとめていた。たずさえてきたのは箱詰めの甘いアジア種の梨だ。

「御母堂は梨がお好きでした。手ずから切って隊内で配っていらっしゃいました。そのときかならず一片を息子のためにと取り分けていらっしゃいました」

僕はまだ生や死を理解できる年ではなかった。話を聞きながら、いつになったらこの人は去って、両親が帰ってくるのだろうとぼんやり考えていた。もう母も父も帰ってこないのだと理解するまで丸一年かかった。

その頃には、身寄りのない僕は政府指定の意地悪な〝後見人〟に預けられていた。その養父のおもな商売はティファナとサンディエゴでのホテル建設だったが、GW団の蜂起ですべてご破算になっていた。けちな養父は、養母が僕の分によそうご飯の量を正確に測らせ、僕がすこしでも食事を残すと、〝食べものを粗末にするな〟ときびしく叱咤した。養家の兄弟はおなじことを平気でやった。

両親がメカで働く軍人だったことを僕は誇りにしていた。大きくなったらメカパイロットになって皇国を敵から守ると誓っていた。養父母はそれを〝絵空事〟と笑った。そして僕が入学年齢になると、カリフォルニア省のグラナダヒルズにある寄宿制学校に放りこんだ。

それから約十年がすぎた。

いま僕は、高校卒業を数カ月後に控えて、ほぼ毎日をメカのシミュレーションに費やしている。八〇年代に育った子どもの例に漏れず、僕も電卓ゲームが大好きだ。メカ・シミュレーションはアーケード用筐体でできる。実戦で撮影された映像をもとにしたビジュアル空間とサラウンド音響が没入型の体験を実現している。触覚コントローラを装着し、単純化されたパイロット用インターフェースでメカを操縦する。多くの戦闘メニューのなかで僕が何度も挑戦するのは、母が戦死したサンディエゴ戦のシミュレーションだ。

カモシカ號は古いカネダ級メカで、大柄なわりに威力は新しいトーチャー級に劣り、近年は徐々に世代交代している。山のような巨体から〝サムライ・タイタン〟のニックネームがあるカモシカ號は、ロボット関節と頭部の操縦室を守るフェースマスクが特徴だ。

任務はGW団の不審な活動を調査することだ。抗日勢力の指導者は女性でアビゲイル・アダムズと名乗り、奇襲攻撃で皇軍一個大隊を壊滅させた経歴を持つ。警備基地の大佐から救援要請がはいり、直後に通信が途絶する。

僕はこのシミュレーションを再開した。皇軍側は市内のこのエリアの電力をすべて遮断する。兵士は赤外線暗視ゴーグルを使用する。真っ暗なサンディエゴを影絵のように忍び足で進む。テロリストは照明弾を打ち上げ、メカの存在をあばく。はげしい銃撃戦の裏で、GW団の究極の罠が準備されている。

集められていたのは二十二基のネプチューン戦術ミサイルランチャー（ドイツ軍から提供されたものだが、ドイツは盗難品と主張している）と、五台のマウスⅨ超重戦車だ。その罠にカモシカ号が踏みこんだとたん、一斉砲撃がはじまる。パイロットは待ち伏せだと気づくが、撤退の選択に迷う。エリア内には民間人が多く、さらにカモシカ号は相当数の戦力を随伴させている。いま戦術的撤退に切り替えると、マウスとそれに乗るバイオモーフの攻撃のまえで彼らが無防備になる。

カモシカ号は踏みとどまり、戦いながら攻撃を一身に引き受ける決断をする。後方部隊の盾になる試みは、かならずしもうまくいかない。カモシカ号の装甲は次々に破られ、ついにBPGが露出してメルトダウンに至る。

これは勝利不可能なシミュレーションの一つだ。逃げれば友軍戦力に多大な損失を出し、民間人の犠牲も甚大になる。攻撃を引き受けつつテロリストをすこしでも叩こうとすれば、おのれは死に、幼い僕が孤児になる。

現実の戦闘から長い年月がたったいまも、僕の幼少期を襲った悪夢のシナリオは解決できなかった。

生まれつき学問の才能にひいでた子はいる。残念ながら僕はそうではなかった。徹夜で勉強しても成績は平均点を上まわるのがやっと。それが限界だった。

皇国本土で最高ランクの軍学校は陸軍士官学校だ。そこに入学するには、陸軍幼年学校できびしい三年間の研鑽を積むのが基本だ。それ以外では、兵卒として入隊して二十五歳までにきわめて模範的な戦績を挙げるしかない。

入学考査が学力試験だけなら、ＵＳＪで最高峰の軍学校であるバ《B》ークリ《E》ー陸軍士《M》官学校《A》に僕が合格できる可能性は、まるでゼロだ。金の力で門戸をこじ開けられるほど裕福な家庭の出でもない。唯一可能性があるとしたら、一週間がかりの帝国試験、通称帝試の軍事科目で良好な成績をおさめ、それに高位の人物が目を留めて軍に推薦してくれるのを期待することだ。可能性は一パーセントで、僕は毎日天皇陛下に祈っていた。

さいわい、士官学校が求めているのは兵士の素質ばかりではない。先進的な機材の電卓制御インターフェースをうまくあつかえるゲーム脳の持ち主も求められている。歴史的先例もある。のちに最高のメカパイロットとして有名になる、久地樂《くじら》という暗号名の候補生だ。彼女も学校の成績は平均点で、帝試の一般科目の点数も見るべきところはなかった。

しかし模擬戦試験が士官学校はじまって以来の高得点だった。そして実際に無類の戦功を挙げた伝説的パイロットになった。

僕がこの二年間毎晩のようにゴーゴー・アーケードでメカ・シミュレーションをやり、帝試本番の一週間前である今日もここへ来ているのは、それが理由の一つだ。

親友の秀記《ひでき》もいっしょだ。彼はパイロット志望ではない。電卓ゲームが好きでゲームデザイナーをめざしており、おなじバークリーでも、演習《ゲーム》開発を専攻するバークリー陸軍士《BE》官学校演習研究科《MAG》をめざしている。高い目標であることはパイロット志望と変わりない。

「『キャット・オデッセイ』の新作がリリースされたらしいぞ」秀記が教えてくれた。

どんなゲームも、サンプル版は電卓にダウンロードして試遊できるようになっている。しかし新作の多くはアーケードと独占契約を結んでいて、フルバージョンは店舗で遊ばせるようになっている。

『キャット・オデッセイ』は僕が八歳のときからプレイしているシリーズだ。皇国でもっとも人気の高いタイトルの一つで、わが国がアメリカと戦った太平洋戦争史を猫の視点から描いている。猫は知識ポイントを稼いで、それをもとに強い力を得たり、能力を獲得したりできる。高い台によじ登れて、跳び下りても最小限のダメージですむようになる。迫真のビジュアルも魅力だ。一九四〇年代の描写は実写と見まごうほどで（シリーズ内でも作品ごとに年代は異なる）、開発者は最新部分のグラフィックが正確に過去を反映していることを二年がかりで検証している。たとえば最初期に配備されたメカだ。当時は象徴的な意味あいが強く、軍は天皇の化身としてこれを製作した。武将鎧をまとい、アメリカ人の敵にむけて戦術兵器を発射するが、機能はそれだけだった。

僕は新作の出来について期待しすぎないようにしていた。それでも一部のボス戦のデザインを手がけたのが大洋テックのトップ開発者であるローグ199だという噂を聞いて、いちおうプレイするつもりだった。帝試で使われるメカ・シミュレーションの多くは、彼女が開発を指揮している。数時間試せば、試験で多少なりと有利になる要素がみつかるかもしれない。秀記は無駄だというが、僕はやってみなければわからないと思っていた。

秀記の家族はヨーロッパ出身で、数世代前からアメリカ在住だ。ただし秀記自身はそのあたりを詳しく知らなかった。両親がやはりサンディエゴ紛争で早く亡くなったためだ。養父は害虫駆除業者だ。ゴキブリ退治で繁盛している養家を、秀記は恥ずかしく思っていた。学校では両親について話を創作していた。気分しだいで話は変わり、奇想天外から空前絶後までさまざまだった。創作しすぎて本人も真実と架空の区別がつかなくなっていたほどだ。何度も家出して、ついにこのグラナダヒルズに住む後見人の叔母に預けられ、おかげで僕らは出会った(これだけの経緯を探り出すのにかなり時間がかかった)。僕らは電卓ゲームが好きという共通点から親友になった。

秀記は僕を、誠《まこと》の略で〝マック〟と呼ぶ。皇国では民族にかかわらず全員が日本名を持つ。さらにその地域の主要言語でのニックネームもある。マックは僕が好きなＵＳＪのボクサーの名前でもある。

「マック、あれだ」

アーケードの一角がすべて『キャット・オデッセイ』に割り当てられていた。九十八台の筐体はすべてゲーマーで埋まっていたが、さいわい友人の一人が交代してくれた。グリゼルダ・ベリンガーだ。

彼女は第三帝国のハンブルクから来た交換留学生だ。血統はドイツ人と日本人のハーフで、僕らより背が高い。金髪に溌剌《はつらつ》とした緑の瞳。工学を勉強していて、ゲーム愛は僕らとの共通点だ。得意ジャンルはフライト・シミュレーションとドライブ・シミュレーション。とくにうまいのが零戦シムで、太平洋戦争再現ゲーム内のドッグファイトでは僕が知るかぎりだれにも負けたことがない。

僕らとちがってグリゼルダは日本の帝試を受ける必要はない（ドイツの大学入試の日程は遅い）。だからいまは指がすりきれるほどゲームをやっていていい。

今夜来ているのはこの三人だけで、他の友人たちは試験週間にむけて勉強していた。僕もそうすべきだが、『キャット・オデッセイ』の新作をやりたかった。

一時間ほどやっていたというグリゼルダに尋ねた。

「どう？」

彼女は肩をすくめた。あえて無言でじらしてくる。

「つまり、いいってこと？」

席を空けてくれたので、僕はゲームをはじめた。電卓の三角形のパネルを開き、機界経由でゲームに接続する。電卓が筐体のディスプレーにつながり、コントローラとして使えるようになる。手もとのカスタム設定はそのままだ。前作の『キャット・オデッセイ』での僕の行動記録がセーブデータから復元される。

昔のロサンジェルスにはいった。空襲の焼夷弾で市内のほとんどは廃墟化している。アメリカ人は日系人の子孫をみつけしだい殺していて、結果的にアジア系住民全員が殺戮対象になっていた。よそ者に対して野蛮な連中だ。

僕の猫のアバターは（ありきたりだけど）漱石《そうせき》という名前で、市内の路地をすばしこく走り抜けていく。ポリゴンの頂点数が増えているのがわかった。毛並みの表現も変わり、平面に毛皮っぽいテクスチャを貼るのではなく、円筒メッシュを生成させている。ディテールへのこだわりがすごい。

前作のセーブデータにあった装備品の大半が移行できた。素戔男《スサノオ》ケープを使うと水の上を歩ける。風神ブーツは空中でダブルジャンプできる。狸《たぬき》スーツを着ると呪文で石像に変身し、無敵状態になる。これらの装備品があればロサンジェルスじゅうを行動できる。

ストーリーは史実をもとに展開する。ミッションの多くはアメリカ人支配に苦しめられた人々を助け、可能であれば皇軍兵を助けるというものだ。無力感が漂い、暗い雰囲気だが、音楽はキャッチーだ。BGMはオーケストラ版と8ビット版があり、僕は初期シリーズに近いレトロスタイルの音楽を選んだ。シリーズの楽曲はすべて河田《かわだ》が手がけていて、僕は彼の曲を聴きながら眠ることがよくある。

十五回目のミッション中に、グリゼルダと秀記の手で筐体から引き離された。じゃまされてむっとした。

「なんだよ」

「四時間もぶっつづけだぞ。なにか食おうぜ」

嘘だろうと思って時計を見ると、嘘ではなかった。

アーケードにはカフェがある。秀記が注文したお好み焼きはスパイシーソーセージとイカと唐辛子チーズ入り。グリゼルダは焼き鳥のタコスとカレーをトッピングした山羊肉のナチョス。僕はゲームの続きが頭から離れず、西瓜《すいか》のハンバーグサラダにした。ボウルにはいった挽肉とフルーツとほうれん草で軽く腹ごしらえし、ゲーム再開後はトイレ休憩なしで集中するつもりだ。

グリゼルダがフォークを渡しながら訊いた。

「ゲームはどう?」

僕はサラダを口に放りこんで答えた。

「いまのところ期待以上。きみはなにやってるの？」

「空中戦で敵をやっつけてる」グリゼルダは一口食べて、顔をしかめた。「ちょっと、このカレー・ナチョス、温めてないじゃない！」

「こっちはソーセージをケチられてる」

秀記の巨大なお好み焼きはテーブルの四分の一を占めている。

グリゼルダはウェイターを呼んだ。

「このナチョスは冷たいし、チップスは湿気《しけ》てるわ」

「こっちのソーセージも少なすぎだろう」

秀記も同年代らしいウェイターに訴えた。ウェイターは頭を下げて謝り、両方の皿を下げた。

それを見ながらグリゼルダが言った。

「わたしたちドイツ人は、日本人の礼儀正しさを弱さと誤解しているところがあるわ」

「どういうこと？」

「頭を下げるのは卑屈に見えるから」

「でも、なかには無礼千万なお辞儀もあるよ」

「どうやるの？」

「お辞儀の角度と表情だよ。こんなふうに頭を下げて――」やってみせた。「――裏では軽蔑的な表情をしてるんだ」

表情をゆがめて舌を出した顔を上げてみせる。

「無礼というよりバカの顔だな」秀記が笑いながら言った。「お辞儀しながら屁をすればいいんだよ。見た目は丁寧だけど、におう」

グリゼルダは秀記をにらんだ。

「最低。じゃあ、次にゲームでわたしから金を巻き上げようと挑戦してくるやつがいたら、かわりにあなたがお辞儀して、それをやってよ」

ウェイターがあらためて料理を運んできて、お詫びのしるしに魚肉のすり身団子をおいていった。

グリゼルダは両手をあわせ、照れながらもかわいい声で、「いただきます」と日本語で言った。そしてチップスを一枚かじり、今度は問題なしと親指を立てた。

彼女が食前にかならずそれを言うのがおかしかった。皇国本土とこちらでは多くの習慣が異なる。USJではだれもいただきますとは言わないと、彼女に説明してある。僕らの文化やさまざまな表現は、東京では通じないし、逆もまたそうだ。おなじ皇国に属していても、同調して均一にはならない。太閤市《たいこう》、バンクーバー、ダラス都会《とかい》、シドニー、ロサンジェルスの暮らしは、東京の暮らしとは異なる。

太平洋戦争の終戦直後に、那珂原《なかはら》文部大臣は、多様な言語が持つ固有の思考構造こそ皇国の柔軟性と成長の基盤であり、方言の抹殺はそれを壊すものだと表明した。日本語は皇国の公式言語であり習得が求められるが、統治地域の各言語は方言として積極的な使用が推奨される。だからUSJでは英語が話されている。

しかしグリゼルダは、気にいった習慣を気まぐれに真似て、ごたまぜのスタイルにすることを好んだ。

「今度はましかい？」秀記が尋ねた。

「ぱりぱりよ」グリゼルダはわざとおいしそうな音をたててみせた。

秀記はなにか言おうとしたが、そのとき電卓が鳴った。着信音がわりのゲーム音楽が流れる。あわてて出て猫なで声で話しだしたので、相手はガールフレンドのサンゴだろう。

秀記は席を立って聞こえないところへ移動した。サンゴは秀記より一つ年上で、文学バーで働いて生活費を稼ぎながら、今年の帝試を再受験しようとしている。去年は点数がたりず、希望の大学にはいれなかったからだ。

グリゼルダが訊いた。

「わたしが一番行きたいところはどこだかわかる？」

僕は首を振った。

「母国よ。ケーニヒスベルクにもう二年も帰ってない」グリゼルダはドイツ語発音で地名を言った。「仔牛のミートボールが懐かしいわ。ホワイトペッパーとアンチョビがすこしはいってる。よそでは食べられない。卒業したら遊びに来て。市内を案内するわ。列車に乗ってベルリンにも連れていってあげる。アドルフ・ヒトラー広場へ行ったり、総統廟に参拝したり」

皇国とさまざまな因縁があったヒトラーの墓を訪れるのは、あまり気乗りがしなかった。僕が返事をするまえに、秀記が満面の笑みでもどってきた。

「サンゴはなんて？」僕は訊いた。

「彼女からじゃない」

普段の秀記なら詳しく説明するのに、今回は謎めいた笑みだけだ。

かわりにグリゼルダが言った。

「さっきの着メロ、ださいわ」

「きみはゲーム音楽をばかにしてるんだろう」

「音楽のよしあしがわかってるからこそよ。マーラーやワグナーは、電卓ゲームの作曲家とはレベルがちがう」グリゼルダは断言した。

「芝居じみてるし長すぎるよ。聴くたびに眠くなる」

「あなたはどう思う？」グリゼルダは僕に話を振った。

「僕は『キャット・オデッセイ』の音楽が好きだね」

秀記がグリゼルダに訊いた。

「どうしてゲーム音楽が嫌いなんだ？　感動的で、しかも記憶に残る曲ばかりだぞ」

グリゼルダはチーズをつけたチップスを一枚取った。

「〝最大の軽蔑者は最大の崇拝者である〟」ニーチェを引用し、音をたててかじった。「わたしは音楽を崇拝するからこそ選り好みするのよ」

二人はしばらく議論を続けた。僕の頭はまだ『オデッセイ』でいっぱいだった。二人はそれに気づいて、笑って解放してくれた。

一九四〇年代のロサンジェルスにもどった。アバターの漱石はきびしい選択を迫られた。追いつめられたアメリカ猫があらゆる手段を使って皇国猫を倒しにくるという噂が流れていた。僕は敵の姿を求めてロサンジェルスじゅうを探索した。猫の四つ足の操作システムが前作より複雑になっていて、それにも慣れる必要がある。この操作系はもしかして四脚メカの操縦システムと関係あるだろうかと、僕は頭の隅で考えた。

グリゼルダに肩を叩かれた。

「従兄が鍵を忘れて部屋にはいれないっていうから、帰るわ。猫ゲームのやりすぎで、にゃーんてならないでね」

「にゃーん」

次のクエストにはいったときは、もう朝の七時だった。秀記がインスタントラーメンを買ってきた。僕の分はお気にいりの辛ロシーフード味だ。高校の先生たちから、ラーメンはにきびと肥満の原因だから控えろと僕は注意されていた。でもにきび面で太鼓腹になっても、この大好きな麺料理をあきらめたくなかった。

登校時間まであと一時間だ。でもこのクエストをやってしまいたかった。睡眠は数学の時間にとればいい。出席さえすれば授業中になにをしようと先生は気にしない。

やってきたエリアでは、人間たちの妨害でレストランのゴミ箱に近づけなかった。人間を倒して食料を手にいれ、仲間のもとへ運ばなくてはいけない。でも人間は動きが敏捷で、こちらはそこまですばやく動けない。特殊攻撃も効かない。ついに人間の一人に転倒させられた。ナイフを抜いて残忍な笑みで近づいてくる。こいつら、猫を食べるつもりだ。逃げようとしたが、何度も攻撃をくらって、ついに画面が暗転した。

〝五回目の命が果てた〟と表示される。

猫は九生だ。九回死ぬとこの猫の魂は消滅し、新規プロファイルをつくりなおすはめになる。

隣で見ていた秀記がののしった。

「下手くそ！　ゴミ箱人間を倒せないのかよ！」

「いまのアバターのレベルじゃ無理だ。レベ上げしないと」

「動きがどんくさいだけさ。指の練習をしろ。その反応速度じゃ、公式模擬戦ですぐ餌食にされるぞ」

それを言われて、この猫の戦闘ステージをデザインしたローグ１９９は、やはりメカ戦闘を想定しているのだろうかとまた思った。

ローグ１９９が開発に深くかかわった帝試用のメカ模擬戦は、ＢＥＭＡの委員会が重視している試験だ。この実技試験は、皇国が経験したもっとも凄惨な戦闘の一つである一九七二年のダラス事件をベースにしている。

まずダラス都会に未確認の敵の攻撃がはじまった。攻撃規模が不明だったため、ＵＳＪ参謀本部は局地的な紛争にすぎないと判断し、四脚メカを三機送っただけだった。ところがドイツ軍はバイオメカの大軍を送っていた。それを四脚メカ三機が迎え撃ち、一機だけがもどってきた。二機が踏みとどまるなかで一機が戦線離脱してきたのだ。一機だけでも戦闘データを持って生還することが、ＵＳＪのバイオメカ対策を立案するうえで重要とパイロットたちが判断した結果だった。これはこれで果敢な行動であり、参謀本部は承認した。しかし生き延びた女性パイロットは仲間をおきざりにした負い目に耐えきれず、ナイフで喉を突いて自害した。

受験生の成績は委員会で審査される。試験の設定条件は毎回変わるので、ミッションの成否はかならずしも重要でない。むしろ独創性やどう反応したかが問われる。戦線離脱に失敗しながら、ＢＥＭＡ入学を認められた受験生もいると聞く。僕にとってはそれが一縷《いちる》の望みだった。

試験で課題の大半をこなすのは僕だが、僚機に乗る相棒一名も必要になる。僚機は掩護するだけでコクピットも単純にできており、秀記でも充分にまかせられる。彼の指の反射神経は群を抜いている。上がいるとしたらグリゼルダだが、彼女は皇国臣民ではないので資格がない。そもそも他のだれかを相棒に選んだら秀記が機嫌を悪くするだろう。

「言いたくないけど、そのプレイではBEMA入学はおぼつかないぞ」秀記は言った。

わかっているし、だからここでシミュレーションを練習しているのだ。しかし実際の試験はやはり異なるし、公式に事前練習する方法はない。『キャット・オデッセイ』の操作系に習熟することが試験の準備になるかどうかは、あくまで僕の期待にすぎなかった。

「人間と正面から戦うからだめなんだ」

秀記は指摘した。説教モードにはいったときの癖で首を小さく振っている。

「他にどうしろって？」僕は訊いた。

「戦場を変えるか、戦闘を回避しろ」

「仲間が食料を必要としてるんだ」

「死んだら仲間に食料は届かないだろう」

疲れて議論する気分ではなかったので、うなずいた。

「そろそろ行こう」

体罰がいやなので遅刻は年に数回しかしなかった。ひどい体罰を受けるか、軽くはたかれる程度ですむかは、担任教師の気分しだいだ。秀記は去年ひどく叩かれて肋骨を骨折した。それから半年は息をするのも苦しそうで、怒りの吐息とともに、「卒業したら、いままでの仕打ちを全員に後悔させてやる」とつぶやいていた。

この呪詛は彼の口癖になった。

高校では青い制服を着る。男子は白シャツとネクタイにブレザー。まったく無個性だ。ズボンをロングスカートに替えると女子の制服になる。みんなバッグのストラップを交換したり明るい色のバンドを巻いたり、すこしでも変化をつけようとする。しかし基準からはずれたものは没収される。

学校に着くと、下駄箱に靴をいれて上靴に履きかえる。ホームルームの教室がある二階へ急いだ。校内のベルが鳴り、全員起立して右手を胸にあてて唱和した。

「日本合衆国旗と大日本帝国への忠誠を誓う。天皇陛下の御許《みもと》で不可分一体の国家を成し、秩序と正義を遍《あまね》くもたらすものなればなり」

教室の正面には龍の仮面をお召しになった天皇陛下のホログラフィ御真影が浮かび上がる。誓言《せいごん》の唱和が終わると一分間の最敬礼。陛下のご慈愛に感謝を一分間黙想。そして『日星旗』の短縮版を斉唱し、栄えある皇国の建設に尽くした英霊と現役軍人に感謝する。世界万国は八紘一宇の理念のもとに一つになるべきだ。

クラスは二十八人。教室は変わらず、授業ごとに教師が交代する。午後の選択科目では一部の生徒が教室を移動することもある。

昼休みに秀記が、なにをしていると声をかけてきた。僕は電卓を見せて、試験に出る教育勅語の注釈書をしめした。「がんばれよ」と秀記は関心なさそうに言って、他の三年生といっしょに校外へ昼食に出た。

グリゼルダは、四十五分の昼休みをドイツ人留学生仲間とすごす。僕は屋外に出てベンチに寝ころび、勅語で皇室の繁栄維持について書かれた下りの解説を読んだ。

むかいのベンチでは、橘範子《たちばなのりこ》がおなじくなにか読んでいた。彼女は学年の成績最上位者の一人であり、さらに著名な皇国軍人を輩出する名家の出でもある。祖父は零戦パイロットで、両親はいずれもアフガニスタン代理戦争の英雄だ。範子は学年トップの成績をおさめつつ、部活動もいくつもこなしている。アイスケート部で活躍し、文化系の複数の部で部長を務めている。そんな彼女を僕はいつも尊敬のまなざしで見ていた。彼女がいま読んでいるのは園地史子《えんちふみこ》の本だ。園地はアフリカ系で、その祖父母はナチスの侵攻から皇国を守るために戦った。

範子は僕の視線に気づいて目を上げた。

「ごきげんよう、誠」

「やあ、ノリ」

僕は手を振った。おなじクラスで、授業でおなじ班になったことも何度かある。いずれも彼女のおかげで最高の成績だった。

「猫も犬も紫外線が見えるのに、人間には見えないことをご存じですか？」

「いいや」僕は正直に答えた。

「メカのセンサーは可視光より広い領域をとらえます。来週の試験では幸運をお祈りしていますわ」

「きみもね」

言ってから、よけいな一言だったと思った。いつも最高点の彼女に幸運は必要ない。もし気を悪くしたとしても顔には出さず、範子は読書にもどった。

昼休みの終わりに校内放送が流れた。

「生徒は校庭に集合。大事な集会をおこなう」

二千人の生徒は校庭に出て学年ごとに整列した。三年生の僕らは中央だ。旗手が大日本帝国旗を持ち、隣の三人が校旗を掲げている。正面ではそわそわしたようすの校長が過剰な低姿勢で二人の将校になにか説明している。二人はうなずいて了解し、校長は整列した生徒をしめした。そしてマイクごしに将校たちを紹介した。

「こちらは喜多《きた》大佐と雪村中尉である。どちらも第二次サンディエゴ紛争時の英雄でいらっしゃる。今回はご来校の栄誉にあずかった」

喜多大佐は赤毛で長身の女性で、二本の軍刀をベルトに吊していた。中尉は軍服の下の片腕が金属製の義手で、伝統的な軍帽ではなくベレー帽をかぶっている。

喜多大佐が話しはじめた。

「来週は諸君にとって重要な一週間だ。帝国試験の点数で未来が決まる者も多いはずだ。軍人として国に奉じるのはこのうえない名誉だ。本官は軍務について二十年になるが、責任の重大さにいまも身の引き締まる思いがする。われわれは日本合衆国を守るのみならず、宇宙に調和した秩序と生活をも守っているのだ。帝試で軍事科目を受ける者はどれくらいいるか？」

生徒の四分の一が挙手した。大佐はこれらの入隊希望者への拍手を他の生徒に求めた。

そのとき、ズシンと地面が揺れた。僕はドキリとした。まさか……。しかし二度目の振動で確信した。驚きの声のなかで、その威容があらわれた。

メカだ。巨大な武将鎧をつけたような姿。グラナダヒルズのどのビルより大きいが、これでもコロス級より小さい。外観からして偵察メカらしい。高速でステルス性が高く、気配を消せば探知はほぼ不可能になる。細身で、胸部装甲はセンサー波をそらすか、無理なら吸収するようになっている。

「これはタカ號である」大佐は続けた。「本官は機甲軍で十四名の優秀な兵士を率い、この三年間苦楽をともにしてきた。選抜された候補生には実演を見せる予定だ」

タカ號は学校の手前で立ち止まった。校門より上に臑《すね》装甲、格納式の膝、腰のサーチライトがある。さらに上には武将鎧の胴に似た主装甲板がある。分割式のプレートの奥には兵装や電子装置が隠されているはずだ。戦闘中のオーバーヒートを防ぐ排熱口かもしれない。しかし偵察メカは高度な熱対策をしているはずなので、耐火効果を狙った分離式プレートということもありうる。噂には聞くが公式には確認されていない。一部の試作機は必要に応じて、一般の自動車のようにほぼ透明になる特殊迷彩をそなえるといわれている。

シミュレーションでデジタルのメカと戦ったことはある。しかし実物のまえでは言葉を失う。両親もメカに搭乗するたびにこんな畏敬の念を覚えたのだろうか。

二人の将校は生徒一人一人に声をかけていった。列にそって歩きながら名前を尋ね、「志望先は?」と質問する。海軍や演習研究科という返答もあるなかで、僕の学年では八人が機甲軍志望と答えた。大佐と中尉はそのたびに誇らしげになった。範子のことは知っているらしく、最初から名前を呼んだ。

「きみの志望は聞いている。ご両親もおよろこびだろう」大佐は言った。

「恐れいります、大佐」範子は答えた。

「来週の模擬戦試験の結果はわたしが審査する」

いよいよ僕の番だ。中尉が訊いた。

「志望はどこだ?」

「機甲軍です」

胸を張って答えた。メカパイロットにじかに会える機会がうれしかった。しかし将校たちは困惑顔になった。雪村中尉は強い口調で言った。

「わが機甲軍は精鋭集団だ。その準備があるのか？」

「はい、中尉」

中尉は僕の太り気味の体をじろじろと見た。

「体調管理がなっていないな。だれでも入隊できると思っているのか？」

「そ……そんなことはありません」

中尉はもっときついことを言いたそうな顔だったが、大佐に止められて、次の生徒に移った。僕は突き出た腹を見下ろした。食事制限も運動もがんばってきた。でもこの一年は大変だった。自分へのご褒美としてココナッツコーヒーとチョコレートチップがのった苺のショートケーキと海老煎《えびせん》がどうしても必要だったのだ。

生徒視察は一時間で終わり、タカ號の足もとへ接近を許された。間近から見るとさらに驚異的だった。将校たちは範子と三人の生徒を特別に機内へいれた。うらやましかったが、いつか自分もと決意を新たにした。三十分後に寮室にもどると、僕は偵察メカの資料を読みふけった。

寮室は他の三人との共用だ。僕は左上段のベッドを使う。床はコンクリートむきだしで、冬は冷たくて靴下なしで歩けない。しかしエアコンがなくて寝苦しい夏の夜は、ひんやりした床で寝ることもある。だれかが蠅を部屋にいれたらしく、ぶんぶん飛びまわっていた。ルームメイトの三人は不在だ。図書館で勉強しているのだろう。

秀記からメッセージがいくつかはいり、近所のカフェで勉強しないかと誘われた。僕は『キャット・オデッセイ』の続きをやりたい気がしたが、試験期間の終了までゲーム断ちを決心している。秀記に、行くと返信した。

寮室を出て共用のバスルームで顔を洗い、寮を出た。門番は電卓でデート番組に夢中だった。出演者が動物の格好をして動物園へ行き、他の客にじろじろ見られるという内容だ。

秀記がいるカフェは〈ペニーズ〉で、二粁《キロ》ほど先だ。通りにはうどんやその他の夜食を寮生むけに売る屋台が並んでいる。魚介出汁や天ぷらのにおいが食欲をさそう。僕は戦没者遺児基金から給付金を毎週もらっていて、各種の割引もある。

〈ペニーズ〉は十店くらいのカフェと軒を並べている。ファサードは巨大な一セント銅貨《ペニー》。そこに横顔が彫られているエイブラハム・リンカーンは、合衆国の南部州が起こした反乱を冷酷に圧殺したアメリカの軍司令官だ。店内の壁には大日本帝国の傘下にはいったさまざまな国の硬貨が飾られ、アメリカの各種硬貨もそこにある。

秀記は電卓で勉強していた。グリゼルダは友人たちとしゃべっていたが、僕が店内にはいると、手を振ってこちらのテーブルに移ってきた。

僕はココナッツコーヒーと海老煎を注文した。昼間の将校たちの話を思い出して罪悪感を覚えたが、帝試が終わったら減量に努力することにした。なにしろカフェインは記憶力を増進させるそうだ。その効果が必要だった。将軍の名前や戦闘の日付を大量に憶えなくてはいけない。

一九四八年七月四日、アメリカ合衆国は日本合衆国になった。一九五〇年九月九日、ドイツと日本はテキサス省で統一地帯《UZ》の設置に合意した（実際には〝沈黙線〟と両軍から通称されている）。一九五八年、ドイツはテキサス省に奇襲攻撃をかけたが、十二使徒の名で知られる皇軍メカ部隊が阻止した。ナチスは独自のメカとそれに乗せる生物学的部品を研究開発した。その初期の成果がバイオモーフ、その後にあらわれたのがバイオメカだ……。

こんなふうに記憶すべき年号や日付は多い。

秀記が言った。

「今日のメカはかっこよかったな。本気であのパイロットをめざすのか？」

僕は将校たちとの短いやりとりを二人に話した。するとグリゼルダがいたずらっぽく笑った。

「なんだよ」

「印象づけたのは事実でしょう」

「悪い印象だ」

　グリゼルダは僕の腹をつついた。

「でも正しい指摘ね。わたしといっしょに毎朝ジョギングする？」

「起きられたら」

「規律は大事よ。わたしは徹夜明けでもジョギングする。軍人は鍛錬をおこたらない」

「帝試が終わったら毎日走るよ」

　秀記がうめいた。

「俺は走るのいやだ。毎朝五時起きでジョギングなんて冗談じゃない」

「毎朝五時起き？」僕は尋ねた。

　グリゼルダはうなずいた。

「早起きは三文の得よ」

「たった三文じゃなあ」秀記は納得しない。

　グリゼルダは笑って、チョコレートを一個かじった。世界最高のチョコレートメーカー、メンケスが出している〝日本《U》チョコレート《C》国《J》〟というブランドだ。

「これ一個で早起きジョギング三日分相当なのよ」

「それでもやる価値が？」僕は訊いた。

「あるわよ。一個あげる」

僕はミルクチョコレートを一個食べて、秀記と勉強をはじめた。一部の生徒が人気番組の〈飲んでも死ぬな〉を流しはじめた。酒を飲めるだけ飲んで、危険な障害物コースを走るという内容だ。

「見て、この出演者」グリゼルダが言った。

僕らは画面を見た。男が赤ん坊のように親指をしゃぶりながら地面にころがり、まわりの通行人にむかってぎゃあぎゃあとわめいている。僕らは大笑いしながらカメラアングルを切り替え、ズームインして、最後に彼の好感度を送信した。

番組が中断して臨時ニュースに切り替わった。アメリカ国民革命組織《NARA》のメンバーがまた三人逮捕されたと報じられた。ＮＡＲＡはアメリカの再独立をめざす過激なテロ組織だ。市当局者は地元警察に感謝し、キャスターは組織が大相撲巡業を襲撃する計画だったと伝えた。グリゼルダと秀記は番組が中断されたことに腹を立てた。

僕は数年前にＧＷ団が不法にリリースした『ＵＳＡ』というゲームを思い出していた。ゴーゴー・アーケードでプレイした。ゲーマーたちは一時的に関心を持ったが、操作性が悪かったのと、アメリカが太平洋戦争に勝つという現実味のないシナリオのせいで評価は低かった。僕は試験対策でその頃の歴史をかなり勉強していた。アジアとヨーロッパの戦争資源はすべて皇国が握っていたし、核兵器も持っていた。アメリカにははなから勝ちめはなかった。それでも『USA』は発禁作品というだけで有名になり、しばらく熱狂的にはやった。その流れを止めたのが、数カ月後にリリースされて高い評価を獲得した『リキッド・ギア』であり(僕はどちらもハマったが)、続く『キャット・オデッセイ』だった。

店内の一部がざわめきはじめた。みんな電卓を見ている。壁のディスプレーではなにかが炎上する映像が流れている。だれかが音量を上げた。

「――リオグランデ川からの映像です。未確認情報によると――」

僕はキャスターを待たずに手もとの電卓を開き、カリフォルニア日本ニュースを読んだ。

〝テキサス音速線に攻撃〟という見出しがあった。

USJの列車が襲われた。生存者はわずか九人で、それも明朝までもたないだろうという。犯人は不明。監視カメラがとらえた爆発の映像が流れた。新幹線が音速で走っていると、突然木から鳥の群れが飛び立つ。鳥を驚かせるようなものは映っていない。突然、二両目がハンマーで叩かれたように押しつぶされる。後続車両は二両目に追突して次々に脱線していく。

僕は、さきほど逮捕が報じられたNARAのメンバーに関係あるのだろうかと思った。

「つかまったテロリストはみんな〈飲んでも死ぬな〉に強制出演させればいいのよ」グリゼルダが不機嫌そうに言った。

僕は勉強に集中できなくなった。悪い癖で、人々の死の瞬間を想像してしまう。車内の乗客は死が迫っているとは知らずに、電卓を見たり、駅弁を食べたりしている。老人世代は演歌を聴いていたかもしれない。それが一瞬で暗転する。

カフェの店長が店内の壇上でお辞儀をした。

「お客さまに申しあげます。申しわけありませんが、人が集まる施設と店舗はすみやかに営業を終了せよと地元警察から要請がありました。生徒さんはすぐに帰寮してください」

店長は大きな銅貨をあしらった帽子や飾り帯の格好で、ニュースの深刻さとあいまってシュールだった。

荷物を片付けて店を出た。グリゼルダの寮は僕らとは反対方向だ。送っていこうと僕は申し出た。

「USJの男子は騎士道精神がないという話は嘘ね」グリゼルダは言って、僕と秀記の腕をつかんだ。「逆にわたしが二人を送っていくわ。悪漢に襲われないように守ってあげる」

「なんだよ、それ」秀記が言った。

グリゼルダは両手を拳《こぶし》にした。

「テロリストをぶん殴りたい気分ってこと。落ちこんじゃだめよ、マック。元気出して。ああいうやつらに苦しめられてるのは第三帝国もおなじだから」笑顔で続ける。「わたしは心配いらない。あなたたちこそ無事に帰って。じゃーね！」

最後は日本語で言って、スキップして去っていった。

「今夜も『キャット・オデッセイ』をやるか？」秀記が訊いた。

「ゴーゴー・アーケードは……」

「いつも不夜城さ！」

どうせ眠れそうになかった。


クエストをいくつかこなして、朝を迎えた。そろそろログアウトしようとしているところに、年上のゲーマー三人組がやってきた。

「ガキはさっさとやめて、プロに席を空けろ」

いま終わるところだと言おうとしたが、三人組はセーブ前の僕のゲームを強制終了させた。

「なにするんだ！　セーブしてないのに」

「文句あるのか？」

「お子さまは登校時間だろう？　さっさと行け」

体の大きい相手にはかなわない。それでもセーブできなかったのは腹が立つ。僕が口を開くまえに、秀記に脇へ引っぱっていかれた。

やつあたりしそうな僕に、秀記は電卓をよこせと言った。渡すと、彼は自分のとつないで、しばらくして返してきた。筐体のほうでは三人組が『キャット・オデッセイ』をはじめている。秀記は僕に、プログラムを起動しろと言った。それは機界妨害プログラムの一種だった。割りこんできた三人組の電卓接続をターゲットにしている。

「ボタンを押せ」秀記は言った。

押した。三人組の電卓をプログラムが襲い、接続を妨害した。アーケードのシステムとの接続が中断され、三人組が憤然と声をあげるのが聞こえた。

「効果はいつまで?」

「数日かもしれないし、恒久的かもしれない。連中のスキルによりけりさ」秀記は笑った。

「あんなふうに割りこんでくるやつがいるからつくったんだ」

「よく使うのか?」

「しょっちゅうさ。おまえの電卓にもいれたから、使いたいときに使え。どんな電卓にも有効だから」

まわりの客を相手にいくつか実演して、騒ぎが起きると笑った。秀記らしい。

僕らは学校へむかった。しかし地下鉄にまにあわず、一本乗りそこねた。しかたなく、僕らはベンチにすわって次を待った。秀記は僕の肩によりかかっていびきをかきはじめた。口から垂れたよだれがこちらの肩にかかりそうだったので、揺り起こした。

「なんで起こすんだ」秀記はむっとしたようすだ。

「いびきがうるさい」

秀記は顔をこすり、中指で目やにをぬぐった。

「夢をみてた。有史以前の巨大な蚊がブンブン飛んでる町で、人間は襲われて血を吸われるんだ」

「パニック映画だな」僕は小声で答えた。

やってきた地下鉄に乗った。車内の電卓ディスプレーではカリフォルニア日本ニュースがリオグランデ川の続報をやっていた。山崗《やまおか》大佐が映し出されて、僕はすこし安心した。彼はサンディエゴ紛争時の英雄の一人だ。彼は表明した。

「事件について断定するのはまだ早い。調査中であり、概要がはっきりするまで発表は控えたい」

「NARAとの関連は?」レポーターが質問した。

「現時点では不明だ」

「ジョージ・ワシントン団の復活という可能性はあるでしょうか?」

山崗大佐は首を振った。重々しさから、それはないという明確な否定が伝わった。

「GW団は第二次サンティエゴ紛争で壊滅したと、情報部では判断している」

「ドイツ大使館の反応はなにかありますか?」

リオグランデ川の現場は、二つの帝国が接する沈黙線に位置している。

「ドイツは弔意をしめし、調査に協力を――」

突然、地下鉄が急停車した。まわりを見ると、みんな恐怖の表情を浮かべている。僕にもじわじわとおなじ感情が忍びこんできた。なにが起きてるんだ？ 攻撃か？ ここから出たい。必要なら窓を割ってでも。しかしどこへ逃げるのか。だれかが大声をあげた。

「なぜ動かないんだ！」

僕は喉がからからになった。ニュースキャスターはまだリオグランデ川の事件について話している。こんな死にかたはいやだ。

車両がきしみ、なにごともなかったように動きだした。乗客は状況に確信が持てず、まだ息をひそめている。次の駅に着いてようやく僕は安堵した。よかった、生きてる。

僕は秀記をまた揺り起こした。

「まだだろう？」秀記は言う。

僕はわけもなく地下鉄が怖くなった。

「もう一駅だけど、降りて歩かないか？」

秀記は肩をすくめた。

「いいぜ」

高校には十五分遅刻し、朝の誓言にまにあわなかった。責任を感じて僕が謝るつもりでいた。

担任の誠照《じょうしょう》先生が待ちかまえていて、憤然と問いただした。

「なぜ遅刻した?」

僕は頭を下げて釈明した。

「申しわけありません。僕のせいです。地下鉄がトラブルを起こして――」

誠照先生は僕を無視した。

「秀記! なぜ遅刻した!」

「地下鉄を降りて歩いたからです」

驚いたことに秀記は正直に答えた。しかも反抗的な態度があらわで、先生はすぐそれに気づいた。去年、誠照先生が秀記に遅刻を理由にした体罰を加えて以来、両者は険悪なのだ。

「理由は?」

「外の空気を吸いたかったからです」

「外の空気を吸いたかった、だと?」先生はうなずいたが、鉄拳制裁をくわえないと気がすまないという顔だ。「来週は帝試なんだぞ。なのに、外の空気だと? ご両親にどう言い訳するつもりだ? おまえたちのためにサンディエゴで殉職なさったのだぞ」

クラス全員のまえで僕らは面罵された。さらに見せしめの体罰が加えられた。

「手を出せ、手を!」

命じられて、僕らは両手を広げてさしだした。先生はそれを太い鉄の棒で強く叩いた。僕は悲鳴をあげた。そうさせるのが先生の目的だからだ。

次は秀記だ。叩かれる音が響いたが、秀記は声をあげない。先生はそれが気にいらず、また叩いた。今度は秀記は薄笑いを浮かべた。正気なのか？

誠照先生は激怒して訊いた。

「なにがおかしい？」

「べつに」

先生は定規で秀記の顔を殴った。それでも秀記は薄笑いをやめない。先生は秀記の胸ぐらをつかんで投げ飛ばした。

「敬意を思い出すまで殴ってやる」

秀記は先生を蹴ろうとした。それが先生をますます怒らせた。反抗されると怒りが増す。左右の拳で秀記を殴った。教師相手に喧嘩してもろくなことはない。僕らのような孤児にはなんの権利も庇護もないのだ。秀記にがまんしろと言いたかったが、言っても聞かないだろう。

「俺の両親への敬意はどうなんだよ！」秀記は反論した。「両親は究極の犠牲になったのに、その子どもはこんな仕打ちを受けるのか？　帝国に命を捧げるのは愚かな決断で、俺たちはその報いを受けるのか？」

長年の不満を爆発させた。僕自身も両親の決断を疑問に思っていたからわかる。それをはっきりと口に出した秀記はえらい。しかし言ってしまった結果はまぬがれない。誠照先生は憤怒の表情になり、秀記の顔に拳を叩きこんだ。

秀記は後悔しているふりをして許しを請えばいい。そうすればこの場はおさまる。しかしそうせず、秀記は黙ってやられつづけた。うめき、苦痛が顔に浮かんだ。それでもへこたれず、死ぬまで殴れと言いたげに教師を挑発する。

僕は見ていられなかった。立ち上がり、誠照先生と秀記のあいだに割りこんだ。

「先生、やめてください」懇願し、止めようとした。

「放せ」先生は怒鳴り、僕の肩を殴った。「次はおまえが相手か？」

「いいえ。すみません、先生」

先生の怒りは今度はこちらにむけられた。僕は壁に押しつけられ、腹を殴られ、床に倒された。痛いが、こうして謝りつづけていれば、いずれ――

口を蹴られ、歯が折れそうになった。歯茎から血がにじむ。涙はこらえた。過去に殴られたときのような涙は流さないと決心していた。

「すみません、悪いのは僕です」そうくりかえした。

怒りがおさまるのを待つしかない。しかし暴力は増すばかりだった。

「おまえたちに皇国の保護を受ける資格はない！」

「誠照先生！」グリゼルダが声をあげた。先生は顔を上げてそちらを見た。交換留学生の訴えは無下にしないのだ。

「なんだ」

「気分が悪いので、保健室に行かせてください」

「いいぞ！」

「だれか付き添いをお願いします。すみません」最後を日本語で言ってお辞儀をした。

先生がだれかを指名するまえに、僕と秀記は起き上がって付き添いになった。

教室を出てから僕は言った。

「助けてくれてありがとう」

「どうして遅刻したの？　こうなるのはわかってるでしょう」

「怖くなったんだ」

僕は地下鉄が一時的に止まった話をした。

秀記は血まみれの顔で言った。

「俺は外に出てる」

返事を待たずに離れていく。僕は保健室の養護教諭のところへ案内して、〝付き添い〟をはたした。グリゼルダは言った。

「あと数週間がまんすれば、この学校とは永久にお別れなんだから」

僕は外に出て、校庭で秀記をみつけた。憤然として煙草を吸っている。煙を吐くたびに顔をしかめる。

「謝ればよかったのに」

「謝るようなことはしてない」

「意固地にならなくても」

「なるさ」

なるべく客観的な理屈での説明を試みた。

「先生は生徒が遅刻して面子《めんつ》をつぶされるのがいやなんだ。出席率がよければボーナスが上がるのさ」

「千圓《えん》くらいのちがいのために生徒をこんなめにあわせるのか？　だれのためだよ。ガールフレンドか？　飼い犬か？」

そう言うと、いかにも人でなしの所業に思えてくる。

秀記は続けた。

「なあ、ちょっと話があるんだ。怒らないで聞けよ」

「怒りはしないさ」

秀記は頬の下半分をつまんで引っぱった。まじめな話をするときの癖だ。

「こんな生活にはもううんざりなんだ。帝試でもいい点はとれっこない。これまでの模試もずっとだめだったからな。来週の本番を失敗したら、一年待って再受験するはめになる。でもこんな仕打ちにはもう耐えられない」

「今週は必死に勉強して、来週のメカ模擬戦試験をがんばればいいじゃないか」

秀記は首を振った。

「無駄だよ」ため息をつく。「俺はゲームをつくるのが夢。おまえはメカパイロットが目標だ。どちらも実現する絶対確実な方法があるとしたらどうだ？」

「絶対確実な方法なんてないよ」

「現実的に考えろ。おまえがＢＥＭＡに合格する見込みは万に一つもない。合格できないとメカは操縦できない」

「縁起でもないな」

「わかってるはずだ。来年再受験しても点数はむしろ下がるだろう。俺はサンゴの苦労を見てる。生活費を稼ぐのに忙しくて勉強できず、点数は伸びない」

「だからってどうするんだ」

「これを使えばチャンスがある」

秀記は自分の電卓をしめした。といっても、特別なものには見えない。

「これがなんだ？」

「機界でみつけたプログラムがある。試験システムに介入するアダプターだ」

「アダプターなんか学校側に追跡されるぞ」試験期間中の生徒は外出制限がかかるし、不正防止のために電卓は一時預かりになる。「そもそも暗号を突破できないだろう」

「俺が会った男は手段を持ってる」

「どんな手段を？」

「まだ話せない。いまは、おまえがこの話に乗るかどうか意思確認をしたい」

「待てよ、なんの話だ」

「帝試の全解答にアクセスする確実な手段がほしくないか？」

正気の話とはとても思えなかった。

「なんの冗談だよ」

「真剣な話だ」

「相手は見返りになにを求めてるんだ？」

「なにも」

「なにも求めないって？」

僕はあきれて笑いを漏らした。危険な不正手段を提供しながら、見返りを求めない？

いかにもあやしい。頭のなかで警報が鳴り響く。

「まあ、なんらかの見返りは求められるさ。でもずっと先の話だ」

「先になにがあるんだ？」

「わからないし、どうでもいい」秀記は残った煙草をもみ消した。「いま決めなくていい。よく考えて、週末までに返事をくれ」

「つかまったらどうするんだ」

「落第してもおなじことさ」

「でも――」

「俺はもう決めた。考えて、やるかどうか教えてくれ。じゃあな」

秀記は話を打ち切って足早に去っていった。

帝試に失敗してどこの大学にもはいれなかったらどうするのか。選択肢がないのはたしかに恐怖だ。

2

午後、僕は秀記の提案を考えながら、高校のさまざまな社会階層に属する生徒たちを眺めた。一年後に彼らはどうしているだろうか。僕はどの階層にも属さない。人気者たちは僕の存在など知りもしない。軍隊志望のグループはゲームばかりしている僕を見下している。体育会系の連中はスポーツ奨学金の心配で忙しい。電卓ゲーマーは『キャットッセイ』をやっている僕をハードコアなゲーマーとみなしていない。宗教熱心なグループは僕と接点がない。勉強好きの生徒は学術科目の点数が低い僕と口をきかない。校外で季節ごとの服の着こなしに余念がない連中は、ファッションにうとい僕を相手にしない。

絶望で涙がにじみ、鼻が詰まった。帝試の点数が悪かったらどうしよう。秀記の言うとおりだ。進学も就職もできなかった場合に、ささえてくれる家族が僕らにはない。

教室にもどるのが憂鬱だった。

帝試前の一週間はほとんどの授業が自習になる。わからないところがあれば先生に質問していい。生徒の多くは進学塾に通い、過去に高得点をとった講師から指導を受けている。残念ながら僕は塾へ行く経済的余裕がなかった。

僕は早退して寮に帰った。殴られたところが痛んで、なにもする気が起きない。ベッドに倒れると意識が飛んだ。

目が覚めたときは夕方も遅くなっていた。吐く息がくさい。起きると全身が痛んだ。殴られた記憶とともに、秀記の提案を思い出した。電卓を確認し、秀記に所在を尋ねるメッセージを送った。それから数時間勉強して、疲れて寝た。

翌日は定刻に登校した。誠照先生はなにごともなかったような態度だ。秀記は欠席していた。電卓にはさわっていないらしく、返信はない。

それから二日間は一人で勉強した。三日目の午後、校庭の掃き掃除を手伝っていると、秀記からメッセージがはいった。サンゴといっしょに〈ジョーダン〉にいるという。そこへ会いにいった。

〈ジョーダン〉は、皇国史上最高の競艇選手を記念したレストランであり、ラウンジだ。椅子は小さなボートの形をしていて、各エリアはコースロープで仕切られている。大きな水槽にはモンテレー沿岸産の輝くイカやクラゲや、放射能の影響による色鮮やかな魚が泳いでいる。海男《シーマン》と呼ばれる電卓魚人のウェイターが店内を歩き、客をつかまえて質問する。注文をとるのではなく、人生で大事なものや怖れるものを尋ねるのだ。フロアの中央には競走水面と呼ばれる水槽があり、ラジコンのボートで少額の賭けレースができる。

秀記は煙草を吸っていた。サンゴは熱心なファンである日本のプロ野球を観ている。サンゴは迷信深いギャンブラーで、大当たりを出して勉強生活から解放されることを願っていた。新装開店のパチンコ屋にはかならず打ちにいく。店の立地や玉の重さや台のむきによって玉の出かたが微妙に異なるのだという。ただし店のオーナーはすぐに気づいて夜間に調節してしまう。サンゴはいまも機会を見て打ちにいくが、昔ほどは稼げないそうだ。

仕事が休みの今夜も疲れた顔をしていた。オランダ系というだけで詳しい昔話はしない。金髪は脚まで届き、濃い紫の口紅を塗っている。両親は建設作業員で、いまはミャンマーで新しい宮殿建設に従事しているそうだ。

僕がラーメンを注文すると、サンゴはからかった。

「ラーメンばかりだと体に悪いわよ。特集番組で見たけど、三ヵ月間ラーメンを食べつづけて死んだ男を解剖したら、腸に麺がぎっしり詰まってたって」

「いやな死にかただね」

秀記とサンゴはプロ野球中継を見ながら、熱烈なファンであるサムライズがライトニングスに敗色濃厚になっている現状について議論していた。僕は日本合衆国解放史の勉強にもどった。最初は無味乾燥な事実の羅列だが、一九四〇年代後半からのメカ開発史は興味深かった。

もとはダイダラボッチ計画と呼ばれる陸軍の一部門だったが、のちに機甲軍として独立した。最初期のメカは列車砲に近いもので、腕が大砲になっていた。その計画を率いたのは数人の科学者だった……。

読み進めようとしたとき、電卓が通信画面に変わってグリゼルダの顔があらわれた。

「ファンタジーノクターンのチケットが何枚か手にはいったの」

ファンタジーノクターンは皇国で大人気のバンドの一つで、十六歳の三人組がきらびやかなコンサートを見せてくれる。

「開催場所の情報を送るわ」

僕が行くかどうか尋ねもしない。

「秀記とサンゴの分のチケットもあるかい？」

「もちろん」

通話は切れ、画面に住所が表示された。

秀記は小指で耳をほじっているところだった。抜いた指は耳垢だらけだ。

「汚いな」

秀記はそう言われるとうれしそうに笑った。

サンゴは不愉快げだ。

「やめなさいって言ってるのにやめないのよ。そのうち耳の癌になるわよ」

僕はグリゼルダがコンサートに誘っている話をした。秀記は即答した。

「行こう」

サンゴは首を振った。

「わたしはファンじゃないから」

秀記も僕も驚いた。

「ファンじゃない!? ありえない!」

「二人で行って。わたしは帰る。明日は仕事なのよ」

彼女といっしょに店を出て、地下鉄駅へむかった。遅いのにまだどこかへ行こうという人がたくさんいる。サンゴは僕らと別れて南線に乗った。スピーカーからは、バーティカルピンクという年上のグループのアップテンポな曲が流れている。作業員が二人でゴミ掃除をしている。あちこちの売店が閉まりはじめている。

僕らはサンガブリエル行きの東線に乗った。数人の兵士が乗ってきて、民間人の多くは席を譲ろうと立った。しかし上級の女性士官は手を振って席にもどるようながし、自分たちは立ったままだった。そして次の駅で降りていった。僕らはみんな低頭した。そこから二駅先で僕らも降りた。

矢舞《やまい》音楽堂は大きなドーム建築で、人であふれていた。ファンタジーノクターンの曲をもとにしたアニメキャラのコスプレが多い。正面ゲートにはメカの扮装をしたグループの三人の大きな像が立っている。グリゼルダとなかで落ちあい、席についた。まわりは黄色い声で「ファンタジーノクターン！」と連呼するローティーンの少女ばかりだ。

二階席はセンターステージをかこんでおり、公演中はつねに回転している。ファンタジーノクターンの三人はワイヤ吊りで空中を飛びながら歌った。照明は歌詞にあわせて七色に変化する。観客の電卓には異なるアングルからの映像が届く。曲ごとにセンターが変わる。〈恋の共和国〉はネイ。〈欲望の戦争〉はオペラ的な曲で、セレスが複数のステージを演じながら歌う。〈憎悪の銃〉はリナが魅惑の低音を響かせる。観客の声援がすさまじく、歌が聞こえないときもあった。

「ちょっとトイレ」グリゼルダが席を立った。

「俺も。どっち？」秀記も続いた。

二人が去ったあと、僕はコンサートを見つづけた。ドラマ仕立ての曲が多く、戦闘飛行船の空中戦や派手な火花が客席まで明るく照らした。セットが変わると、空飛ぶ犬による楽しく祝祭的な演出になった。リナは柴犬の形の砲弾になってステージから打ち上げられた。

グリゼルダがワサビ豆と菓子パンを袋一杯買って帰ってきた。僕が小豆あんのあんパンよりカスタードのクリームパンを好きなことをよく知っている。彼女の配慮に感謝した。

「ありがとう。秀記《ダケ》は？」

「サンゴと電話」

ではコンサート終了までもどらないだろう。

ファンタジーノクターンの三人は観客に、両手を上げてとうながした。すぐに天井からシャボン玉が降りはじめた。客はそれをつかもうとジャンプしはじめる。人ごみが揺れて、グリゼルダと僕は何度もぶつかった。謝って離れ、グリゼルダもおなじようにするが、すぐに押しもどされてしまう。僕らは笑った。グリゼルダは髪を掻き上げて耳にかけた。

「楽しい？」

「人生最高に楽しいよ。メカ以外ではね」

グリゼルダはうなずいた。

「メカにはかなわないわね。でもいい勝負でしょう」

「いい勝負だ」

また人ごみが揺れて、僕らはぶつかった。今度はあえて離れなかった。

帰寮したのは三時だった。ルームメイトたちはまだもどっていない。図書館で徹夜の勉強だろう。僕は疲れ、余韻の残った頭で、コンサートとグリゼルダのことを考えていた。

ドアがノックされた。秀記だった。

「どこへ行ってたんだ？」僕は訊いた。

「サンゴが怒っててさ。俺たちだけでコンサートに行ったから」

「誘ったじゃないか」

「あいつはドイツ人が嫌いなんだよ」

ファンタジーノクターンはドイツ人じゃないと言おうとして、だれを指しているのか気づいた。

秀記は顔をしかめた。

「それはもういい。おまえに用があって来たんだ」話題を変えた。「電卓を貸せ」

「なぜ？」

「見たら感謝するよ」

電卓を渡した。秀記は自分のとつなぎ、プログラムを送りこんだ。もどってきた電卓の新しく作成された球形アイコンを僕は調べてみた。去年の帝試でのメカ模擬戦試験の映像だ。

「どこでこれを？」

秀記は小さく笑った。

「ただのサンプルさ。実際の試験とはちがう」

「わかってる。それでも役に立つ。ありがとう」

秀記は寮室の外へとうながした。僕は廊下へ出てドアを閉めた。どこかで犬がひっきりなしに吠えている。超音速機の通過する音がする。そのなかで秀記は声をひそめた。

「こんなのがいくらでもある。おまえも一口乗れよ」

僕はどうしてもメカパイロットになりたい。しかし合格の可能性は秀記の言うとおりゼロに近いだろう。だからといって不正な手段を使うのは、どう考えてもできなかった。

「悪いけど……」それしか言えない。

秀記は顔をしかめた。

「なぜためらうんだ？」

「わからない」

「怖いのか？」

否定できない。だから認めた。

「怖いよ」

「こんな一生を送りたいのか？」

「そうじゃない。ただ、不正はしたくないんだ」

「裕福な家庭の生徒が不正をしてないとでも？　あいつらも金やコネをいっぱい使って未来を買ってる」

「わかってる。ごめん」

秀記は僕をにらんだ。僕が話に乗らないので心から失望している。何度かなにか言いかけたが、結局やめた。なにも言わないでくれたことを、本人に伝わらないにせよ感謝した。

「損するぞ」

秀記は言い残して、大股に去っていった。

僕は夜のうちにあらためて謝罪のメッセージを送った。返信はなかった。


それから三日間は勉強に集中した。秀記から返事はないままだ。グリゼルダは帝試がんばってとメッセージを何度か送ってきた。ファンタジーノクターンのメンバーの近くでおかしなポーズをとった僕らの写真には笑った。

数学からはじめて物理、化学。カール大帝、アウグストゥス帝、織田信長がごっちゃになって戦いはじめた。国歌の歴史も勉強した。現在の『日星旗』は、もとは『星条旗』という アメリカの歌で、それに歌詞をつけたのはフランシス・スコット・キー。アメリカ人作家のフランシス・スコット・キー・フィッツジェラルドとは別人だ。フィッツジェラルドは小説『グレート・ギャッツビー』を書き、大恐慌後のアメリカの制度疲労を指摘した。

終焉が近いことを見抜いていたのだ。

秀記からもらった模擬戦のようすの映像も見た。とても参考になる。映っているのは受験生機と僚機。実戦とおなじく僚機は偵察を担当する。小型四脚メカなので、本格的なメカのような操縦手、砲手、通信手、装塡手、機関手というクルー構成ではない。パイロットがすべてを一人で操作する。隠伏《いんぷく》と探索が専門のメカで、兵装は限定的だ。後部に回転砲塔二基、前部に交換可能な砲があり、これらをパイロットが操作する。

ロケーションはダラス旧市街廃墟の郊外。正体不明の敵から攻撃を受けているという報告がはいる。この受験者は史実にしたがって僚機に拠点防衛を命じ、みずからは後退を試みる。四脚メカを機敏かつ柔軟に操縦し、安全地帯をめざす。

最新のバイオメカについては情報が少ない。かつてのバイオモーフは、基本骨格にそって変形する軟らかい粘土のような皮膚を持つ不定形の怪物だった。損傷した体を再生できるという意味で〝生きて〟いる。どんな種類の兵器にも対応できる新しいタイプの超人類だった。流れを変えたのは、皇軍メカが使いはじめた化学焼灼《しょうしゃく》兵器だ。特殊な皮膚も強力な酸であえなく溶け、金属の骨格だけが残った。

勉強漬けの毎日を送っていると、グリゼルダにむしょうに会いたくなった。電話する口実は一つしか思いつかない。

「明日の朝のジョギングに参加していいかい？」

「あら、ほんとに？」グリゼルダはうれしそうだった。

翌朝、校庭の競技用トラックで待ちあわせた。グリゼルダは七人のドイツ人といっしょだった。黒いトラックスーツに鉤十字の腕章をつけた彼らは、背筋がぴんと伸びて姿勢がいい。僕は自分の姿勢の悪さを意識してしまい、なるべく背中をまっすぐにした。

グリゼルダが仲間を紹介してくれた。そのなかに、いくつか年上らしい男がいた。

「ディートリヒよ。遠縁の従兄で、ロンドンから来てるの」

「USJの感想は？」僕は訊いた。

ディートリヒは身長が一八〇糎《センチ》以上あり、全身が筋肉でできているようだ。

「天気がいいし、電卓ゲームは中毒性があるね。ナイトライフは最高だ」

そう言うと、ドイツ人たちはわけあり顔で笑った。

グリゼルダは首を振り、僕に訊いた。

「準備はいい？」

「いつでもいいよ」

「トラックを二周したあと、丘の頂上まで」

合計距離は三粁《キロ》弱だろう。僕はトラック一周目で息が荒くなり、二周目で呼吸困難になった。グリゼルダはまだ準備運動というようすだし、他のドイツ人たちはトラックから離れはじめている。僕はついていきながら、参加したことを後悔していた。序盤から降参しては情けないので、必死に追いかけた。山道にかかるとさらにつらくなった。ずっと上り坂で、しかもだんだんきつくなる。

グリゼルダは僕を待っていてくれた。

「大丈夫？」

「僕のせいで遅くなってごめん」

「いいの。だれだって最初はこうよ」

いっしょにまた走りだした。グリゼルダがペースをあわせてくれることがうれしくて、感謝の気持ちを伝えようと横をむいたとたん、バス停に激突した。ばったりと地面に倒れ、頭がぐるぐるして耳鳴りがする。苦痛よりも、グリゼルダのまえでの失態が百倍も恥ずかしかった。無言で見下ろす彼女の姿が四重に見える。

「大丈夫だから」

僕はつぶやいて立とうとしたが、ふらついた。

「すわってて」グリゼルダから指示された。

数分後に、二人のドイツ人にかつぎ上げられた。彼女の従兄のディートリヒが質問してきた。

「指は何本？」

三本指が二重になって回転している。

「六本だね」

十五分かかってようやく回復した。それでもまだ頭が痛い。

「学校へ帰りましょうか?」グリゼルダが言う。

僕は丘の上を指さし、再挑戦を願った。

「最後まで走らないといけないだろう?」

グリゼルダは首を振って苦笑した。

「帝試が終われば、トレーニングの時間はたっぷりあるわ」

たしかにそのとおりだった。寮に帰ってからも頭痛がして、一時間眠った。起きると勉強し、朝食を食べ、トイレにいって十五分仮眠をとり、また勉強。グリゼルダとその友人たちの物笑いの種になっているのではないかと想像した。しかし彼女は電話をしてきて、体の具合はどうかと尋ねてくれた。調子は悪かったが、声を聞くとすっかり回復した気がした。


帝試初日の朝。いよいよだという気はしなかった。電卓を先生にあずけて、試験を受けるためにクラスメートたちとともに席につきながら、なぜか現実感がなかった。自分のなかの別人格が体を支配し、試験週間のためにデータを詰めこんだ脳から情報を引き出そうとしているようだ。

秀記をあの夜以来ひさしぶりに見た。しかし目をあわせようとしなかった。

先生は試験用の電卓を配った。これに問題が表示され、音声問題はイヤホンで聞く。試験開始のまえに『日星旗』の演奏。続いて教育相の訓話の録音が流れる。

「本日は諸君の人生を決める重要な日である。天皇陛下は諸君の知らぬところで臣民の行いをしっかりとご覧になっておられる。皇国の安泰はそれを護る諸君の教育いかんにかかっている。陛下のまなざしを感じて行いを正し——」

筆記試験は僕にとって鬼門だ。暗記問題は苦手で、模試でも中の上の点しかとれない。これが模擬戦なら、問われるのは技量と鍛錬で、記憶力は関係ない。僕が勝負をかけるのは軍事科目だ。模擬戦で肝心なのは、あれがA、これがBという記憶ではない。経験と対応力がすべてだ。

英語試験にとりかかった。基本文法、綴り、語法の誤りを問う問題が続く。日本語試験は難しい。ローマ字はまだいい。アルファベットを使って発音どおりに表記するだけだ。しかし中国由来の漢字は簡単ではない。二千百三十六字の常用漢字は頭にいれているが、試験はひっかけ問題が多くてミスしやすい。

前半が終わると、六十分間の後半にはいった。公民は基本的な倫理問題で、やっていいことと悪いことを問う。

新しい例題にはいったとき、電卓の画面にさっとノイズがはいった。一瞬だが、表示が乱れた。それから最初の問題が表示された。

サンディエゴでUSJ軍に殺害されたアメリカの民間人の総数を答えよ。

A　五〇、〇〇〇人
B　一〇〇、〇〇〇人
C　五〇〇、〇〇〇人
D　七四六、九四二人

選択問題が出てきたのは初めてなのでとまどった。サンディエゴ紛争でのアメリカ側の公式の死者数を問われるとは思っていなかった。とりあえず、概数でないのはDだけなのでそれを選んだ。驚いたことに、次の画面は緑の背景で、正解だと教えられた。

挑発事象なしに攻撃してきたUSJ軍により、七四〇、〇〇〇人以上の無辜の民間人が惨殺された。

表示された解説テキストがフェードアウトして、次の問いに移った。

非武装の民間人を殺害してはならない。真か偽か。

問題文の下に映像が流れる。身許不明のＵＳＪ兵士が武器を持たない群衆にむけて発砲している。〝非武装の民間人〟が多数殺されている。僕は〝真〟を選んだ。

生きた人間を実験台にすることは、科学の進歩を名目にすれば倫理的に許容される。

真か偽か。

僕の電卓が突然、かん高いノイズを発しはじめた。周囲の他の電卓も同様だ。

皇国の先進的な医学知識の基礎をつくったのは生体解剖――

数人の生徒が驚いた声をあげた。先生がドアを開けて飛びこんできた。

「どうした？」

電卓では、痩せ細った男が皇国の医者によって生体解剖され、メスで臓器を切り開かれる映像が流れている。胸が悪くなる暴力だ。まわりの数人の生徒もおなじものを見せられたらしく、ショックと吐き気をこらえている。

帝試システムが電子的に侵入されたのか。そんなことが可能なのか。考えていると、背後で大きな叫びがあがった。振りかえると、秀記だ。顔面蒼白でひきつった表情。顔を上げて僕を見て、恐怖の表情で立った。

「なにをしている！」教師が問いただした。

「わ……わかりません。わからない」秀記は言った。

秀記の腕と試験用の電卓がつながっている。さらに皮膚の下で電流が脈打っているのが見える。皮膚の一部が破れて金属の構造がのぞいている。静脈に見えるのはケーブルだ。皮膚が裂けて機械の腕が露出している。生身の腕と交換したのだろう。その腕につながれた電卓が命令を出し、まわりの生徒の電卓に偽の試験問題を表示させたのだ。この機械の腕がシステム障害の原因だ。

いつ、どうやってこんなことになったのか。最近のはずだ。そうでなければ気づいたはずだ。ここ数日連絡がとれなかったのはそのせいか。

僕はどうするべきなのか。先生は秀記のようすに気づいて、教室から飛び出していった。当局に通報するのだろう。生徒たちも状況を理解できず、困惑して見守っている。

秀記の顔は紅潮して破裂しそうになっていた。制御できない体を押さえるようにぶるぶる震えている。電卓の試験問題にはＵＳＪとその紛争対応を批判する映像が流れつづけている。民間人の無残な死体がはっきりと映される。皇軍兵士が十代の子どもたちを拷問している。

銃を手にした四人の軍人が教室に駆けこんできた。

「生徒たちを外へ！」

中尉が担任に命じた。中尉はとても若く、茶色の髪に軍帽をかぶっている。

誠照先生は生徒たちに廊下へ出ろと指示した。しかし僕は残った。中尉たちはかまわず秀記に命じた。

「電卓を腕からはずせ！」

秀記は左手で右の義手をつかんだ。データの流れを止めようとしているようだ。表情はゆがみ、途方にくれている。体からは電流の火花が散る。兵士たちが取り押さえようとしたが、感電して退がった。中尉は拳銃をかまえて警告した。

「早く電卓をはずせ！」

「お……俺……お、お、お」秀記は言葉が出ない。

「命令だ。はずさなければ撃つ」

僕は両腕を広げて中尉をさえぎった。

「待ってください、本人のせいではありません！」

「どけ！」

「なにをしてるんだ、誠！」先生も叫んだ。

「お願いです！　体の自由を奪われているんです。だから返事ができない」

中尉は秀記を見た。

「そうかもな」

そして低い声で部下たちをうながした。僕は二人の兵士につかまれ、引き離された。中尉は秀記に近づく。

教室のうしろのドアの窓から何人かの生徒がのぞきこんでいるのが見えた。銃の安全装置を解除する音がした。僕は秀記のほうへ行こうとしたが、二人の兵士は力が強い。銃弾が秀記の肩を砕いた。それでも電卓の活動は止まらない。僕は秀記を凝視した。強い恐怖があらわれている。

「秀記!」僕は叫んだ。

返事を聞くまえに、中尉は秀記の胸に六発撃ちこんだ。一発ごとに鼓膜を痛めそうなほど大きな音が響く。秀記の制服は血まみれになった。

秀記が動かなくなると、電卓も停止した。帝試ネットワークにはなにも映らなくなった。僕は兵士たちから解放され、秀記に駆け寄った。その体は被弾して高温になっていた。呼吸は止まっている。まわりの電卓とおなじく沈黙している。

中尉は拳銃をホルスターにおさめ、手袋をはずした。

「危険は排除したと伝えろ」軽い口ぶりで部下に指示する。

僕は立ち上がり、中尉にむきなおった。

「お名前をうかがってもよろしいですか?」

中尉は僕を見た。

「立石中尉だ」ずいと進み出て、「この生徒を拘束しろ。尋問する」

「僕がなにをしたと？」

「それをいまから調べる」

兵士たちは僕を引っ立てていった。僕は抵抗せず、ただ憎悪の目で立石をにらんだ。中尉はその視線を受けとめ、見つめ返した。

廊下ではクラスメートたちの視線を浴びた。多くは動顛してなにが起きたか理解できずにいる。まして僕が連行される理由などわかっていない。秀記の死が口づてに伝わり、一部の生徒は僕が関係していると推測している。僕は視線を無視し、怒りに震えた。

連れていかれた先は校長室だった。高校の理事たちがすでに集まっている。三人の警官がいかめしい顔で腕組みをしていた。最年長は総白髪、最年少はスキンヘッドでとくに不機嫌な顔をしている。中年の警官はライオンのように髯をはやしている。

計十人が校長室に詰め、熱気でサウナのように暑い。

「返事をしろ！」

警官が怒鳴った。僕は質問攻めにされた。現実感がない。

「この三日間は秀記と話していません」

僕はようやく答えた。秀記は死んだのだ。秀記は死んだ……。

「帝試についてなにか言っていなかったか？」

「いいえ……憶えているかぎりは。彼も僕も……そのために勉強をしてきました」

警官は返事が気にいらないようだ。

「他には？」

「思いあたることはありません」

秀記から不正行為に誘われたことを話すべきだろうか。話したら秀記がさらに厄介なことになるだろうか。どうにか生き返らせる方法はないのか。僕は百回も自問しながら、百回も質問を浴びせられた。彼らに百回以上質問したかったが、怖くて答えを聞けない。

「彼の新しい交友関係に気づかなかったか？」

「いいえ」

「NARAの話が出なかったか？」

僕はきょとんとした。帝試とテロ組織にどんな関係があるのか。

「そんな話は……なかったと思います」

「思う？」

「彼の口から聞いたことはありません」

不正手段を提供するのは何者なのかと尋ねたことを思い出した。秀記はなにも言わなかった。しかしいくら必死だったとはいえ、テロリストと取り引きするだろうか。秀記、おまえはなにを考えていたんだ？

もっと早く彼が話していたら、僕はどうしただろう。秀記は相手の正体を知らなかったのか。だまされていたのか。撃たれるときに秀記の頭をなにがよぎったのだろう。

僕が黙りこんだのを見て、彼らは声を荒らげた。

「嘘をつくと厄介なことになるぞ」

「すでに厄介なことになっている」

「もうすぐ十八歳だ。成人扱いで裁判にかける」

「成人なみの判決が下るぞ」

「帝試を不正に操作するなど、どんな処罰が科されると思うか」

「不正などしていません！」僕は主張した。

「きみはそう言うが、高校の報告書には二人とも問題児だと書かれているぞ」

「きみの協力なしに起きたこととは思えない」

こんなふうに尋問されているところへ、一人の女性が部屋にきて告げた。

「特高の方がお見えです。彼と話したいと」

特高だって？　特別高等警察が尋問に？

僕は脚が震えだした。警官と理事たちは黙りこんだ。恐怖が伝わってくる。特高はUSJの国内治安事件を担当するもっとも恐ろしい機関であり、絶対的な捜査権限を持つ。まさか……まさか僕はこの事件のせいで殺されるのか。

他の全員が退室し、ドアが閉められた。僕は校長室を見まわして、関係ないことで気をまぎらわそうとした。おかげで時間がすぎていく。校長が生涯のうちに集めたさまざまな免状や証書を眺めた。飾り文字で書かれた京都大学の卒業証書。さらにマニラ教育大学の大学院の証書もある。他にも聞いたことのない証書がいろいろ。ごま塩頭のネズミ顔で単眼鏡をかけた校長が、飾り文字のさまざまな証書を集める人生を送り、次の世代にも同様の退屈きわまりない人生を強要するさまを想像した。

神道における学問の神、天神様の銅像があった。神道では万事にそれぞれ神がいる。ならば囚人の神もいるだろうか。救いの神がいるなら名前を聞いて祈りたい。しかしそのまえに空腹の神が来た。

腹が鳴った。午後二時十四分。朝からなにも食べていない。特高課員を待つが、来ない。時計の音が耳につく。脱走できるだろうか。でもどこへ逃げるのか。校長室には窓があるが、カーテンが引かれている。歩み寄ってカーテンを開けたい。しかし立つのが怖かった。三時十九分になったが、特高はまだ来ない。なにをぐずぐずしているのか。どうしても窓を開けたい。立ち上がり、カーテンに近づいた。特高の尋問にまつわるさまざまな恐ろしい話を考えた。そして帝試問題の奇妙な映像を思い出した。あれは皇国に疑問をいだかせるためのものなのか。しかし疑問をいだく者はすべて特高の摘発対象になる。

蝶がきしむ音がして、やっとドアが開いた。恐怖の神が巡回にきた。僕はあわてて椅子にもどった。はいってきた特高課員は、重々しい声で言った。

「貴様が不二本誠《ふじもと》か。あたしは槻野昭子《つきのあきこ》だ」

僕はすぐに頭を下げて謝った。

「申しわけありません。本当に申しわけありません」

槻野課員は手袋をしていた。髪は短く、マスカラは紫。こちらを見る目は無表情だ。黒いスーツに包まれた腕は異様に太い。筋肉ではなく、強力な機械が仕込まれているようだ。

「なにを謝っているんだ？」

槻野はカーテンを開けた。光がまばゆい。それを背にして立つと、威圧感があった。その影に引きずりこまれそうだ。

「秀記があんなふうになったことです」

「なにがあった？」

どこまで知っているのだろう。しかし死にたくなければ真実を話すしかない。特高を怒らせた者がたどる末路におびえて、必死で詳細を思い出した。

「秀記から……帝試の不正受験に誘われました」目だけ上げると、特高課員はこちらを凝視している。僕は続けた。「帝試で満点をとる手段を……だれかが提供すると言っていました」

「貴様は誘いにのったのか？」

「いいえ」

「その手段の提供元はどこか、言っていたか？」

僕は首を振った。

「誘いに魅力を感じたか？」

すこしも感じなかったと嘘をつきたかった。しかし怖くて嘘をつけない自分もいた。

「はい」

「なぜ誘いにのらなかった？」

「それは……不正に入学したくなかったからです」

「なぜ通報しなかった」

考えもしなかった。親友なのだ。できるわけがない。

「わかりません」頭がしびれて、状況がうまくのみこめない。僕は逆に訊いた。「だれが……だれがこんなことをしたんでしょうか？」

「捜査中だ」

「不正をもちかけた連中でしょうか？」

「捜査中だ」返事はそれだけで、なにもあかさない。「とにかく、貴様はいっしょに来てもらう」

槻野はしばし僕を見た。その目には哀れみの光があった。

「もう一つ死体がある。貴様に見覚えがあるかどうか確認する」

「どこへ？」

槻野課員は外へ出て、僕を尋問した三人の警官のところへ連れていって命じた。

「例の場所まで無事に連行しろ」

車に乗るまで警官たちは無言だった。僕は最年少の警官とともに後部座席にすわった。

「特高になにをしゃべった？」最年少の警官は言った。

「こちらの面子をつぶす気か？」中年の警官も訊く。

「われわれの本気を教えてやれ」最年長の警官は運転しながら言った。

スキンヘッドの警官の拳が顔に飛んできた。のけぞってすぐに頭がガラスにぶつかる。

警官は僕の首に手をかけた。

「こっちには話さず、特高には話すのか？　おまえなど殺したほうが皇国の時間と金を節約できるんだぞ」

「みなさんに話したこととおなじです」

怒らせないように嘘をついた。しかし若い警官は手に力をこめ、首を絞めはじめる。

「こちらがお遊びだと思ってるのか？」

僕はもがいたが、絞める手には力が加わっていく。咳きこみ、叫んだ。

「本当に、なにも知りません」

警官は僕の目もとに肘打ちをいれた。

「黙れ！　なにも知らないなら、おまえに生きてる価値はない」

さいわい目的地は近く、車はすぐに停止した。僕はあっさり解放された。距離が近かったからというより、警官たちが特高を恐れているからだろう。

着いたところは谷干城《たにたてき》公園。学校から歩いて十五分だ。松林が広がり、恋人たちの人目につかないデートスポットになっている。僕を袋叩きにするために連れてきたのだろうか。しかしそれでは理屈にあわない。殴ろうと思えば学校でもできたはずだ。

多数の警官の姿が見えて、僕の恐怖はおさまった。鑑識官がシートで現場保存している。松の香が強く漂う鬱蒼とした一帯にはいった。枝の上でリスが無邪気に追いかけっこをしている。踏んだ小石が靴底の溝にひっかかった。動揺したようすの若いカップルが警官たちと話している。

制服の警官たちにかこまれた死体が一つ。見覚えがあるような、ないような。やはり片腕がない。僕は警官に小突かれ、そばに近づいた。死体の顔を見下ろす。知っている男ではない。一方で頭には秀記のことが浮かんだ。

目を閉じ、深呼吸した。いま警官たちになにか言われたら、内容にかかわらず僕は大暴れしただろう。相手か自分が死ぬまで戦っただろう。将来も生きることもどうでもいい。湧き上がる怒りが攻撃対象を求めている。警官たちが無言だったのはさいわいだ。声をかけられたら、僕は死にものぐるいでつかみかかったはずだ。やり場のない怒りが猛り狂った。秀記、秀記、秀記……。

草を踏む音が聞こえた。背後で警官たちをふくめて全員が敬礼している。槻野昭子特高課員が来たのだ。

「どうして腕がないんですか?」僕は尋ねた。

「調査中だ。しかし初期捜査によれば、この男は貴様の友人の秀記に接触したエージェントらしい。どちらも義手をつけていた。生化学エネルギーで動く電卓が仕込まれ、それを使って帝試システムへの侵入をはかった。テロ組織が探知を避けるためにしばしば使う手段だ」

「NARAですか?」

「これを使う組織はNARAの他にも複数ある」槻野は僕の腫れた目を見た。「それはどうした?」

「なんでもありません」

槻野はうつむいた三人の警官に歩み寄った。

「無事に連行しろと言ったはずだ。なぜ怪我をしている?」

「偶然こけたんですよ」若い警官が硬い笑みで答えた。

「偶然？」

槻野は言うと、警官の鼻を殴って血を噴き出させた。さらに最年長の警官の腹に拳を叩きこみ、中年警官の髭面にまわし蹴りをいれた。

「すまんな。偶然ぶつかった。しかし命令軽視は看過できない。無事にと言ったはずだ」

「しかし、こいつは国賊の友人です！」

「菊池秀記は多くの交友関係があった。教師も顔見知りもふくめればさらに幅広い。全員に責任をとらせたら、公共リソースをはなはだしく浪費することになる。テロリストに共感する本物の国賊は他にいる。あたしが追っているのはそちらだ。この程度の事件で動揺するような輩は、貴様とおなじく傍観者にすぎん」

槻野は怒鳴った。三人の警官はうなだれた。

「もし不二本誠が近い将来に軽傷を負ったら、貴様ら三人に責任をとらせる。偶然こけたりしないように気をつけろ」

「はい、課員」三人は答えた。

「去れ。顔を見せるな」

警官たちは足早に去っていった。

状況がちがえば僕は喝采しただろう。すくなくとも槻野の言葉に安心し、公正な人物として信用できる気がした。

「あいつを見ろ」槻野はふいに命じて死体を指さした。

僕は言われるまま目をむけたが、気分のいい光景ではない。また槻野に顔をもどした。

「目をそらすな。こいつはまもなく虫にたかられる。何者かに虫の餌にされた。貴様の親友もそうだ。そんなやつは処罰されるべきだと思わないか？」

「思います」

「ではこいつを見て、犯人につながる手がかりを思い出せ」

僕は記憶を探った。しかしやはりこの男には見覚えがない。一方で例のサンプルの模擬戦映像を思い出した。電卓を操作してそれを見せた。

「数日前の夜に秀記からもらったものです」

槻野は映像を見て、設定項目をスクロールした。

「これは押収する」

「かまいません」

「貴様の通話とメッセージ記録は部下が調べた。いまのところ不審なやりとりはない。しかしもし情報や手がかりを隠していると、あたしの拷問にかかって、あの三人のほうがましだったと思うはめになるぞ」

「捜査には協力します」

「本当か？」

「はい」

「ウオノエというものを知っているか？」

「いいえ」

「寄生虫の一種だ。魚の口に侵入して舌に取りつき、やがて舌に取って代わる。宿主の口のなかで舌としてふるまい、その血や体液を吸う。魚が死ぬと寄生虫も出ていく。魚にとって唯一の治療法は、寄生虫を食べる種類のカクレエビと協力することだ。カクレエビは魚の口にはいってウオノエを剝がし取る。痛いだろうがな。カクレエビと共生することで魚は健康でいられる」

深い意味をこめた話だろう。でもこのときの僕は頭が働かなかった。

「残念です」

「本当に残念に思っているなら、通報したはずだ」

たしかに。

「こんなことになるとは思わなかったし、友人を裏切れません。でも、もし通報していたら……」

「貴様は友人をなくし、彼は困難な立場に追いこまれただろう。それでも、生きていただろうな」

「相応の処罰は受けるつもりです」

槻野は首を振った。

「彼を救えなかった記憶を生涯持ちつづけろ。それが貴様の罰だ」

見知らぬ男の死体に蠅が集まりはじめていた。

「犯人の目星はついているんですか？」

「おそらくもう殺されているだろう」

「なにが目的でしょうか」

「治安紊乱《びんらん》、多少の暴動扇動といったところだ」

「多少の暴動扇動……そのために僕の友人は殺されたんですか」

そう考えると腹が立った。仕返ししたい。

「目的のためなら人命の浪費をいとわない連中だ」

「皇国批判の映像を偽造して流したり……」

「あれは偽造ではない。本物だ」

「でも民間人を殺す映像がありました」

「反感を覚えるか？」

「はい」

忠誠心を試す質問だとしたら、ここは嘘をつくべきだったかもしれない。

「皇国建設のために多くの死者を出したのはわれわれの罪だ。だからといってテロ組織の宣伝と殺人が許されるわけではない」

「やはりNARAでしょうか」

「かもしれないが、可能性のあるテロ組織はいくつもある」

高度な電卓機器を持った鑑識官の一団がやってきた。

槻野は僕に言った。

「帰っていい。ただし、不二本誠、貴様には監視の目がつく。すこしでも道を踏みはずせば、こちらの耳にはいると思え」

針のような視線が胸を貫いた。

僕は恥ずかしい気持ちで低頭した。むしろ逮捕されたほうがよかった。

3

帰りの地下鉄は距離が短すぎた。寮室にもどる気になれない。しかし他に行くところはない。帰ると机から予備の電卓を出して、最新のバックアップファイルと同期した。これでもとどおりだ。

ベッドに横になると同時に通知音が鳴った。学校からの全体連絡メッセージで、帝試は明朝から通常どおり再開するという。秀記が死んだのに、世間はなにごともなかったかのようだ。日常という名の茶番劇に吐き気がした。

試験のことなど考えられなかった。学術的なことに頭が働かない。目を閉じるたびに、腕を押さえて震えて立ちつくす秀記の姿が蘇る。テロ組織とかかわるまえに止められたら。理性をとりもどさせる機会があったら……。

それから三日間はあわただしかった。帝試を受け、クラスメートたちから質問を浴びた。物理、歴史、論理、漢字のテストを受けた。問題文がしばしば外国語のように感じられた。ひねった問題は何度も読み返した。問いそのものより文章構造が頭にはいってこない。どの問題もまちがった答えを書いた気がした。しかし試験結果などもうどうでもよかった。嫌いな試験をあえて受けるのは、一人でいるのがもっと嫌いだからだ。試験期間中は生徒間の電話が禁じられている。グリゼルダはどうしているだろう。事件について聞いただろうか。

帝試最終日。最後の答案を急いで書くと、電卓をおいて席を立った。筆記試験にはもううんざりだった。

廊下に出ると、ひそひそと噂する声が聞こえてきた。

「秀記がテロリストと通じてたとはね……」

「皇軍兵士が無辜の民間人を攻撃しているように見せた映像があっただろう？　あれ、実際は敵の内通者だったらしいぜ。殺されて当然だったんだ……」

事件へのみんなの反応はほとんどが軽蔑的だった。僕には葛藤があった。どのように考えるべきなのか。両親のことを思った。ああいう場面を目撃したのだろうか。民間人の殺害に参加させられたのだろうか。命じられても断ったはずだと思いたい。

考えるのもいやで、頭が混乱しているとき、体育館への呼び出しを受けた。行ってみると、館内にはパーティションの仕切りのなかにシミュレーションポッドが並び、軍事科目の試験の準備ができていた。

呼び出されるとは思っていなかった。なぜ来てしまったのだろう。僚機に乗る相棒がいないのに。

試験監督の将校が数人いた。受験生は僕のまえに八人並んでいる。みんな緊張し、口をつぐんで集中しようとしている。ポッドはメカの動きを模して揺れ、現実感を出している。スモークが出て、強い振動が伝わった。一人の試験に約三十分かかる。終了した受験生は裏から出るので、表情はうかがえない。

僕の順番が来て、鼻の大きな将校に指紋をスキャンされた。

「不二本誠。相棒はどうした？」

一人で受験したら確実に落第だ。とはいえ代わりはいまさらみつからない。

「残念ながら、いません」

「一人で受験するつもりか？」

「不本意ですが、相棒になる者がいないのです」

「なぜいない」

「予定していた友人は死にました」

将校は僕の表情をうかがうようにじっと見た。

「今週初めに殺された生徒か」

「はい」

将校は手早くキーボードを叩いた。

「一時間後に来なさい」

「なにか問題が？」

「試験を終えた受験生全員にメッセージを送って、臨時にきみの相棒を務める者をつのった。あらわれる保証はないが、返事を待とう」

期待薄だと思った。死人の席にすわるのは縁起が悪い。だれもやりたがらないはずだ。僕自身がどうでもいい。外へ散歩に出た。試験明けで浮き立つ生徒たちが駆け足で通りすぎていく。あそこの答えはどうだったと話したり、メモを見せあったりしている。

僕の帝試はぜんぜんだめだった。メカ操縦の基本とアーケードのシミュレータでの模擬戦以外、僕は無知だ。こんなひどい人生ってあるか、秀記？　あと数週間で卒業だ。先生から殴られることもなくなる。就職しなくてはいけない。底辺の仕事しかなくても。そして、もしかしたら来年の帝試にむけて準備するかもしれない。まだニューゲームはある。たとえ夢がかなわなくても生きているだけましだ。それとも、優先順位がまちがっているだろうか。

いつのまにか自分の教室にもどっていた。みんな帰ってだれもいない。僕は秀記の席にすわった。冷えきっていた。

体育館へもどると、将校が一人で待っていた。予想ずみの結果だった。

「お手数をおかけしました。ありがとうございます」

「今年の試験は昨年までと異なる。従来はシミュレーションAIと対戦させていたが、今年から受験生同士をランダムにマッチングして対戦させる形式になった。相手がだれかはわからないようにしているが、やり方については伝えておく。準備はいいか？」

僕が返事をしようとしたとき、だれかが受付に駆けこんできた。さまざまな褒章をつけた制服。範子だ。将校に頭を下げ、僕にむきなおった。

「まだ代役がみつかっていないのでしたら、私《わたくし》が臨時の相棒を務めさせていただきます」

驚いた。学年トップの生徒が僕の相棒に？

僕は彼女より低く頭を下げて、謝意を述べる正式な日本語の挨拶をした。

「どうもありがとうございます」

「お礼よりも試験をがんばりましょう」

将校に案内されて自分のブースにはいった。他のエリアから遮断されていてかなり暗い。中央に四脚メカのコクピットを模したモジュールがある。

伸縮素材のボディスーツを渡された。触覚フィードバックのために神経接点が仕込まれている。コクピットではオートバイにまたがるように前傾姿勢になり、左右の主操縦桿を握る。ベルトで脚、胸、腕を座席に固定。ゴーグルは周辺視野のインターフェースを切り替えられる。

四脚メカの後脚《こうきゃく》を脚で操作し、前脚《ぜんきゃく》を腕で動かす。関節の動きの重さに驚いた。一歩進むために操縦桿を引いて押すだけで大仕事だ。手足に煉瓦を積まれたように重い。電卓で見た他の受験生は軽く動いているようだったのに。すこし駆け足をしただけで汗をかいて息が上がった。脚を使うと膝やふくらはぎに痛みが走った。何歩か進みながら、これでも試験用に単純化したメカインターフェースのはずだと自分に言い聞かせた。実機はもっとあつかいにくいだろう。いまから苦労している自分が情けなかった。早くも疲労し、ボディスーツの内側は汗まみれだ。朝食の味が喉にこみ上げて気持ち悪い。

試験内容は、受験生のプロフィールや心理傾向にあわせてすこしずつ設定が変わる。毎回シナリオがちがうのは事前の対策をできなくするためだ。人間のパイロットと対戦するのも緊張する。シミュレータのむこうにいる相手は、力試しではなく殺そうとかかってくるはずだ。

「準備できましたか？」イヤホンごしに声が聞こえた。

左側に範子の機体がある。彼女を映した電卓ディスプレーに自分の顔が反射している。濡れたモップのように汗びっしょりだ。

「え……ええと」喉がからからで返事をできない。

「深呼吸をしましょう。まわりをよく見て」

そう言われてすこし落ち着き、軽く息をした。僚機は偵察情報を伝え、その他の助言もする。もし僕が死んでも、僚機が生き延びて戦闘の報告をすれば、厳密にはミッション成功といえる。だから彼女を守ることも僕の重要な仕事だ。

そのときコクピットの照明が赤く変わり、見知らぬ将校の緊急通信がはいった。試験開始だ。

「ダラスに襲撃。敵機数不明。急ぎ支援を請う」

応答しようとしたとき、なにかに背後から殴られた。背中に衝撃を受けて肩甲骨に激痛が走った。メカ全体がはげしく揺れる。左脚を動かそうとしたが、操縦ペダルがひっかかったように動かない。スクリーンに診断系の警告が点滅し、攻撃で左後脚がやられたことを伝えている。配線が切れている。

機体を動かすのが重いなどと愚痴をこぼしていたら、今度は三脚だけで動くはめになった。立つこともままならない。逃げたい。隠れたい。背中が痛い。予想したシミュレーションとまったくちがう。汗ばかり流れる。頭が混乱する。こんなの無理だ。絶対無理——

「誠! 指示を出してください」

範子の大きな声にはっとした。

指示だって? 全力で後退だろう。しかし動くことすらままならない。

「き……きみは大丈夫?」

「大丈夫です。表示によると、そちらの左後脚が不動のようですね」

どうして範子はこんなに落ち着いていられるのか。僕はたとえ経験を積んでもこれに慣れるのは無理だ。メカパイロットになりたいなんて、やはり大それた夢だった。ただのシミュレーションなのに、もうコクピットから逃げ出して白旗を掲げたくなっている。

またべつの知らない将校のメッセージがはいった。

「こちら攻撃を受けている。すでに兵士十八名を失った。支援を請う！」

べつの血まみれの兵士のメッセージが割りこむ。

「助けてくれ。助けて――」そこで切れた。

「どうしてまだ到着しないんだ！」と怒鳴られる。

肩甲骨の痛みが増してくる。ここにいると吐きそうだ。試験を中断したい。やめていけない理由は一つもない。だれからも期待されていない。無駄な努力だ。本来なら秀記とやるはずだった。しかし彼とやってももっとひどいことになっていただろう。試験がこんなにきついとは二人とも予想していなかった。痛い。きっと背中は血まみれだ。

ふいに秀記の言葉を思い出した。こんな人生を送りたくないと言っていた。それを変えようとした結果、彼は死んだ。努力せずにあきらめるのは恥だ。

周辺スキャン画面を見た。敵の存在をしめす徴候はない。なにに攻撃されているのか。史実ならドイツ軍だ。しかしセンサーに映らないのはなぜか。熱探知にはひっかかりそうなものだ。

今朝卵を食べたことを後悔した。喉にいやな味が迫り上がってくる。額の汗をぬぐいたいが、両腕は操作系に固定されている。いま手を離したらメカは転倒しそうだ。

あらためて全体マップを見た。史実のこの戦闘は研究ずみだが、自分がその場に立つと見えかたがちがう。敵はなぜ続けて攻撃してこないのか。そうすれば僕はたちまち大破したはずだ。それとも僕が目標ではないのか？

「範子、ナチス機を捕捉できるかい？」

「いいえ」

おかしい。史実ではバイオメカがまっすぐ四脚メカを狙ってきたはずだ。

「誠、動きが鈍いのはなぜですか？」

「操作系がすごく重いんだ」

範子はけげんな顔をした。

「これが普通じゃないのかい？」僕は逆に尋ねた。

「キャリブレーション機能がオフになっているようですね。今日のノーマル設定よりはるかに重くなっています」

対応法を範子に尋ねたかった。質問しようと思えばできる。しかし行動記録に残る。指揮命令系統を乱すと評価に影響する。

「今度はこちらが攻撃を受けていますわ」範子の画面が揺れた。「おかしいですね」

「なにが？」

「安全機能が無効になっています」

「そうなのかい？」

「とても強い衝撃がきます。シミュレーションのどこかが誤作動を起こしていますね。中止すべきです」

「すぐに？」

「中止を強く推奨します」

僕は非常用リリースボタンを押した。しかし反応がない。プログラム停止を試みたが、これもだめだ。

「できない」

「こちらもです」

「どうなってるんだろう」

「これでは本当に負傷しかねません。試験監督に連絡を――」

警報表示が点滅した。なにかがくる。

「そちらのうしろです！」範子が警告した。

衝撃が来た。右腕が肩からはずれたような気がした。インターフェースの表示によるとメカの前脚が破壊されている。連続して殴られ、メカは転倒した。なにをどう操縦すべきかもわからず、本能的に手足を丸めて体を守る姿勢をとった。打撃への条件反射しかできない。なすすべなく装甲がへこんでいく。本当に殴られているように下半身に衝撃がくる。シミュレーションではなく現実に回復不能の障害を負いそうだ。終わりにしたい。どうすればいいのか。理屈の上では範子に後退してこの戦闘を報告しろと命令できる。そうすればミッションは完全な失敗にはならない。しかし僕の試験結果が低評価になるので無意味だ。そもそも受験生機が大破するまで試験は終わらない。

連続して殴られるうちに、なぜか『キャット・オデッセイ』で人間たちに袋叩きにされたときのことを思い出した。あのとき秀記からどう助言されたか。〝戦場を変えるか、戦闘を回避しろ〟と……。

戦闘は回避できない。しかし戦場を変えられないか。

こちらの後部砲塔は機能しない。主砲は損傷している。後脚一本、前脚一本がちぎれている。遠隔操作できないか試したが、無理だ。逃げる選択肢はない。

「そちらへ行きます」範子が言った。

「だめだ！　ここから後退しろ」

「いまは試験どころではありません。その敵を止めないと本当に負傷しますわ」

「僕のことはいい。とにかくきみは後退して」

そうすればただの失敗にはならない。それに、試したいこともある。

この攻撃の執拗さは異常だ。相手がAIならドイツ軍の感情的な攻撃をなぞることもあるだろう。しかしこちらがもう行動不能で反撃できないという計算が立てば、攻撃をやめる判断が出てくるはずだ。むしろ範子のメカを追って後退を阻止するほうが戦力の有効利用になる。なのにこちらへ攻撃を続けるのは、相手が人間だからだ。範子を逃がしても、表面的なミッション成功にしかならないと理解している。

なぜバイオメカの姿が見えないのか。なんらかの迷彩か光学装甲を使っているのだろう。あと数発殴られたらこの機体は大破する。それでも身を守るのではなく、前脚を上げて中指を立ててみせた。攻撃に身をさらしても正体不明の敵パイロットを挑発したかった。AIなら無反応のはずだが、人間なら挑発に乗るだろう。実際に攻撃が強まった。やはり人間だ。安全機能が解除されているのは手ちがいではない。相手は僕個人に害意を持っているのだ。そう考えると怒りが湧いた。もう試験がどうなろうと関係ない。甘く見たことを後悔させてやる。

次の打撃で装甲がへこんだとき、光の屈折が見えた。とっさに前脚を出して、それをつかもうとした。意外にも手応えがあり、敵の手首をつかめた。

攻撃手段は一つしか残っていない。敵の腕に連続して頭突きをいれた。何度もくりかえす。こちらのメカの外装が次々に壊れ、外気がコクピットに流れこむのを感じた。それでも卑怯な敵への怒りで頭が冴えていた。

サージ電流が流れ、なにかが破裂して、いきなりバイオメカの腕がちぎれた。光学装甲が壊れ、敵が姿をあらわした。顔のない巨大な熊のようだ。黒い流体の皮膚がたえまなく変形している。大きさは四脚メカと同等だ。液化した黒大理石のような漆黒の皮膚がずるずると流れ、損傷を埋めていく。

僕は動くほうの後脚一本で飛びかかり、前脚で横殴りにしようとした。しかし敵は敏捷に退がってよけた。前脚が空振りし、こちらは姿勢が崩れて転倒した。顔の側面が痛い。頭突きのせいで頭がぐらぐらする。苦痛をこらえて戦闘に集中した。

バイオメカは背後にいて、踏みつけようとしてくる。僕の目のまえの地面にちぎれた自分の腕がころがっている。それを拾って棍棒のように振りまわし、攻撃を防いだ。その一部がバイオメカの脚にあたり、側面をへこませた。膝が曲がって姿勢が崩れる。すきができた。

四脚メカを突進させ、バイオメカの懐深く飛びこんだ。ダメージをあたえるためではない。片腕で相手の胴をがっちりとつかみ、逃げられなくするためだ。相手を破壊するまで離さない。

懐への進入に成功したとき、警告音が鳴った。背後に新たなバイオメカが二機。しかし無視して、目のまえのバイオメカの顔を片腕で殴った。もう一度殴ろうとしたとき、背中で二発の爆発を感じた。

シミュレーションが停止した。黒地に波打つ真っ赤な文字でテキストメッセージが出た。


きみは死亡した。


安全ベルトが解除された。ポッドから出ようとして、転倒した。両脚がおかしい。右腕も動かない。朦朧《もうろう》としたまま床にうずくまった。

とにかく終わった。

対戦相手と因縁めいた殴りあいをしたことを愚かしく感じた。なめられていると思いこみ、やり返そうとした。そのせいでメカを喪失した。しかし全力をつくした爽快感はあった。

ブースのドアが開いた。試験監督の将校か範子かと思って見ると、雪村中尉だった。先週ここを訪問したさいに、僕の体調管理がなっていないと叱責した将校だ。片腕のようすがおかしく、髪が血で濡れている。

「どういうつもりだ！」中尉は詰問した。

立てない僕は、しゃがんだまま答えた。

「なんのことでしょうか？」

「規則を破っている!」

「規則? なんのお話でしょうか」

雪村中尉は怒鳴りつけた。

「貴様は機甲軍の名誉を汚している。メカ操縦をなにもわかっていない。技能が低く、戦い方を心得ていない。試験中の動きは緩慢で見るべきところがなかった。貴様の友人がしでかしたことも聞いた。なのに厚顔にも受験するとは、わが軍全体への侮辱だ」

言われてショックを受けた。どこから反論すればいいかわからず、思いつくままに言った。

「なにか不具合がありました。安全機能が切れていました。体を……痛めつけられるとは思っていませんでした」

「安全機能はわたしが切った」

「な……なぜですか?」

「本物のメカ操縦のきびしさを教えるためだ!」

やはりそうだったのか。僕を目の敵《かたき》にし、痛めつけようとしたのだ。この試験は最初から無理な設定だった。戦闘の苦痛をこらえて試験の課題をこなすなど不可能だ。

「僕になんの恨みが?」純粋に知りたかった。

「そんなものはない。わが軍の名誉を守るためだ。体調管理もできないような貴様は受験すべきでない」

「挑戦することも許されないのですか？」

中尉は首を振った。

「貴様の挑戦など機甲軍への侮辱だ」

信じられない思いで何度かまばたきした。

「僕の両親は皇国のために殉死しました。友人は皇国でもっといい人生を送ろうとして死にました。そんな彼らの名誉のために受験するのもだめだというのですか？」怒って泣きたい気分だった。

「死者の名誉を考えるなら、自分の居場所を心得ろ」

「それはどこですか？」

「すくなくとも機甲軍ではない」

中尉はくるりと背をむけ、大股に去っていった。

僕は腹を立てながら試験用の装備をはずし、立ち上がってブースから出た。範子が外で待っていた。

「さっきの中尉の発言はおかしいですわ」

「聞こえてた？」

「はい」

恥ずかしい。せっかく相棒役を務めてくれたのに。

「協力に報いられなくてごめん。僚機に乗ってくれて本当に感謝してる」

「最後の反撃はシミュレーションで見たなかで最高のメカ操縦でしたわ」

元気づけようと言ってくれているのがわかった。しかし中尉に罵倒されて落胆していた。

最初から僕をBEMAに合格させるつもりはないのだ。侮辱するのが目的で、それは成功していた。嫌われ者なのだと思うと気分が暗くなった。

「メカパイロットになる運命じゃなかったんだ」

「運命は関係ありません。それに貴男《あなた》は中尉の腕を折ったのですから」

「そうなのかい？」

「見てわかりました。だからあんなに怒っていらしたんです。気落ちなさらないで。なにを言われようと、貴男の居場所は機甲軍にあるはずです」

「ありがとう」

範子は首を振った。

「お手伝いしたかったのです。秀記のことは残念でした。どんな理由であれ親友を失くすのはおつらいでしょう」

範子は敬礼し、僕は答礼した。彼女は去っていった。僕は感謝をこめて答礼を続けた。

そこへ医務員がやってきて、「だれに敬礼してるんだい？」と訊かれた。

一週間後、体は回復したものの、気持ちはまだ整理できていなかった。教室に生徒たちがいるとき、全員の電卓に帝試の成績表が送信された。僕の一般科目の点数は、平均よりやや上。驚きはなかった。メカ模擬戦試験の成績は見なくてもわかる気がするが、確認しないわけにいかない。細かいところは飛ばして戦闘評価の点数のページを開いた。リストの最上段に目をやる。一位は範子だ。心からうれしく思い、メッセージを送った。残りのリストを見ていく。どんどんスクロールする。百位も通りすぎて、ようやく僕の名前があったのは最下位の二つ上。最後の二人は欠席者だ。最悪の成績だ。

近くでだれかが歓喜の叫び声をあげた。彼女は学年全体で三位だ。この軍事科目の成績と推薦状があれば、ＢＥＭＡ合格は確実だろう。一位の範子は、さらに東京大学と京都大学の入学資格さえある。

僕はというと、この点数では大学進学は無理だ。せいぜい田舎の私立専門学校くらいだろう。浪人してサンゴのように一年後に帝試を再受験という選択肢もある。とはいえ見通しは明るくない。クラスメートたちのうれしそうな声がつらかった。サンゴはどんな結果だったのだろう。秀記の件からあとは会っていないし、音沙汰もない。話したくないのも当然だが。

カフェテリアへ行って緑茶を注文した。秀記の計画に乗っていたらと思うとぞっとした。

刑務所行きか、殺されていたか。模擬戦試験を受けたおかげで、悔しいけれども本当の実力が見えた。僕はパイロットむきの人材ではないのだ。あの中尉が言うとおり素質がない。もし不正受験が発覚しなかったとしても、メカ操縦の能力不足はいずれ露呈したはずだ。自分に才能がないことを認めるのはつらかった。

外へ散歩に出た。

模擬戦では叩きのめされた。シミュレーションなのに耐えがたい苦痛だった。実戦はさらにきびしいはずだ。僕は恐怖でパニック状態だったが、範子は沈着冷静だった。ああいう神経が必要なのだ。

中庭を歩いていくと、睡蓮と蓮の花が咲く池がある。オタマジャクシがトンボの影に驚いて逃げ、アヒルが餌をついばみ、鯉が悠然と泳ぐ。

自分の情けなさを考えた。いい成績を出したかった。秀記のためでもあるし、さらに両親の思い出のためでもある。しかし最大の理由はなにか。自分の人生を有意義なものにしたかったからだ。退屈なデスクワークで漫然と生きるのはいやだ。でもこの点数ではそれすら難しいだろう。

拳を握って鼻に押しつけ、深く息をした。情けない負け犬だ。みんなの笑いものだ。メカパイロットになりたいなんて思わなければよかった。

それから数週間は陰鬱にすぎた。眠れないのに、起きたくない。将来に希望がない。留年してもう一年学校に通うか。しかし成績が上がる保証はない。いつもなら気晴らしになるアーケードも、秀記のことを思い出すばかりだ。そもそもどのゲームも味気なく感じられた。夜は市内をさまよい歩いた。

校門の外には偵察メカのタカ號がまだいて、士官学校に合格した生徒を試乗させていた。あてつけのように感じた。僕はもうメカに乗れない。以前は興奮したその姿も、いまは見るのが苦痛だった。

グリゼルダからのメッセージが何度もはいったが、一度もかけなおさなかった。なにを話せばいいのかわからない。教室へ行くのも苦痛だ。他の三年生は早くも大学生活の予定や新年度の準備について話している。卒業旅行として皇国内のあちこちへ行く者も多い。こんなときに秀記がいれば耐えられただろう。同病相憐れむ、だ。

戦没者遺児基金の給付金はあと数カ月で切れる。留年しないなら、新しい住まいをみつけて生活費を自分で稼がなくてはいけない。大学を出ていない者に選択肢は少ない。兵士として軍に入隊する道もその一つだ。しかし両親のように士官になれなかった自分が恥ずかしかった。他の生徒は家族から多くの支援を受けられる。金銭面だけでなく、社会的なつてもコネもある。僕にはなにもない。すべてにおいて苦労する。もうだめだと思った。

上をめざすのは無理だ。あとは落ちていくだけだ。

寮室のまえでグリゼルダが待っていた。

「どこへ行ってたの？」歩み寄りながら言う。「痩せたんじゃない」

「ほとんど食べてないからね」食欲などなかった。

グリゼルダは大きく息を吸った。目に涙を浮かべる。

「秀記のことを聞いて……信じられなかったわ。なぜ電話してくれなかったの？」

「どう話せって？　親友が射殺されるのを、弱い僕はただ見ていたんだ」

「あなたのせいじゃないわよ」

僕は怒りで震える息をついた。

「その話は勘弁して。部屋にはいって眠りたいんだ」

グリゼルダは沈痛な顔で言った。

「卒業したらいままでどおりにはいかないわ」

「なんのこと？」

僕は訊いたが、なんのことかはよくわかっていた。グリゼルダはドイツの国家機構に組みこまれ、ＵＳＪから遠く離れた場所に配置されるだろう。枢軸国の両極を結ぶ友情は、今後は疑惑の目で見られ、あらゆる通信が監視されるはずだ。すでに監視対象になっているかもしれない。

グリゼルダは首を振った。

「ベルリンに遊びに来る？」

「その機会はないと思う。もう……仕事を探しはじめないと」

「大学は行かないの？」

「軍事科目の点数が最低だったんだよ」

あらゆる失敗を認めて最悪の気分だ。

「あなたが機甲軍に行かなくてよかったと思ってる」

そう言われて、失望した。元気づけようとして言ってくれたのなら逆効果だ。

「どうして？」

「ただそう思うのよ」

グリゼルダはまだなにか言いたげだった。

僕は模擬戦試験のことを思い出して、また冷たい怒りが湧き、不機嫌に黙りこんだ。彼女が悪いわけではない。ただ、いまはだれとも話したくなかった。

「さよなら」

グリゼルダは日本語で言って、頰にキスして去っていった。

僕は最悪の友人だ。

一週間たった。眠れない夜に苦しめられた。悶々とするばかりで、いっこうに時間がすぎていかない。気を抜くとさまざまな後悔が襲ってくる。

こんなときに悲しい音楽を聴くべきではないとわかっているが、好きな電卓ゲームの悲劇的な曲を集めたアルバムをみつけてリピート再生した。

体を疲れさせようと長い散歩をした。そしていつのまにか校門前に来ていた。タカ號はまだ立っている。昼間は士官学校の機甲軍課程へ進学する生徒に基本的なオリエンテーションをほどこすために使われている。おもに操作系への慣熟だ。未改修のメカなので、コクピットは空間と重量を最小限に抑えた伝統的なものだ……。そんな仕様書を一晩じゅう読んだりシミュレーションを動かしたり、つい最近までやっていたのに。

「こんなところにいらしたのですか」

声がした。見上げると、範子がタカ號から降りてくるところだった。

「散歩してたんだ。きみは？」

「訓練です」

「きみならもう操縦させてもらえるんだろうね」

範子は首を振った。

「ほんのすこしですわ。ほとんどはシミュレーションです」

「あつかいやすい？」

「戦闘メカより機敏ですけど、そのぶん脆弱で――」

そのとき、ずんと腹に響く音がして、高校の窓ガラスが割れた。地平線のほうで炎が立ち昇っている。はげしい火柱の脇で爆発が四回起きた。一回ごとに音が大きく、光は明るくなった。警報やサイレンが鳴りだすが、さまざまな破壊音に呑みこまれていく。

爆発音とはべつに、メカの足音がはっきりと聞こえた。見慣れない姿だ。オレンジの炎と黒煙を背景にしたシルエットは二脚型。電卓の映像で見たことがある。NARAが沈黙線の警戒に使っている種類だ。槍兵級《ジャベリン》と呼ばれ、箱形の胴体に戦車の砲塔を複数のせ、頑丈な脚を二本はやしている。馬の後ろ脚を特殊合金でつくりなおしたような脚だ。

範子がふいに僕に訊いた。

「砲手のシミュレーション訓練はやりましたか?」

「やったけど。なぜ?」

「行きましょう」

「どこへ?」

範子はタカ號へ登りはじめている。

「なにが起きているのか調べるんです」

「で……でも、僕は操作がわからないよ」

「シミュレーションより簡単です」

疑問を述べる猶予も自問する暇もあたえず、範子はメカの内部へもどった。僕はあとを追って胴体への長いラダーを昇り、本物のメカのブリッジに生まれて初めてはいった。意外に狭く、ジャンプすると頭をぶつけそうなほど天井が低い。そしてむせかえるほど暑い。しかしそんなことは問題ではない。ここにはいれただけで感激だ。

ブリッジの周囲の壁は透視できる。床はあるが、設定しだいでこれも透明化できる。視点が高く、グラナダヒルズが小さく見える。

範子は操縦位置についた。コンソールの手前の操作系に腕をいれてストラップで固定する。単純化された触覚パネルはパイロットの動作にあわせて変化し、直接入力による手動操作もできる。

僕は兵装パネルがある席にすわった。三面のディスプレーに前方、後方、側方視界が分割表示される。範子が言うようにインターフェースは直感的だ。タッチスクリーンと音声入力で使いやすい。電卓を操作して使用可能な兵器の詳細なリストを出す。現状のタカ號は訓練仕様であり、搭載兵装は充分でない。肩の機関砲二門とミサイルランチャー一基。それから〝軍扇《ぐんせん》〟という名称の武器もある。これはなんだろう。

機関砲が使えるかどうか調べた。弾薬量は半分で、安全装置がかかっている。パスコードがないと動かない。二度突破を試みたが失敗した。失敗を一定回数くりかえすと完全にロックされる場合が多い。

「兵装ステータスはいかがですか?」範子が訊いた。

パスコードの件を伝えた。

「では、使えるのは軍扇だけですね」範子は確認した。

「なにそれ？」

範子は微笑んだ。

「扇型の剣ですが、ご存じありませんか？」

「初耳だ」

「楽しいですわよ」

臆病な性格が頭をもたげた。

「こんなことして、本当に大丈夫かな」

「軍や警察が出てきたら、こちらは後退しましょう」

「出てこなかったら？」

範子は微笑んだ。

「好都合です」

自信家ぶりに苦笑した。とはいえ軍扇という武器がNARAのジャベリン級にどこまで通用するかわからない。機関砲の安全装置を解除する方法はないものか。この一年間シミュレーションで練習してきたことを思い出した。

「機関砲を直接いじれれば、手動でロック解錠できるかもしれない」

範子はジャベリン級の熱反応を見ながら、こちらと接触するまでの移動コースを計算した。

「交戦開始は八分後ですわよ」

機関砲はどちらもメカの上部についている。画面で内部構造を確認した。シミュレーションで乗ったメカとよく似ている。ブリッジ後方にある天井ハッチが範子の操作で開き、ラダーが下りてきた。登りはじめたとき、タカ號も最初の一歩を踏み出した。二歩、三歩と前進する。範子は足裏の車輪を接地させて機動性を上げた。さらに後部ブースターも噴射して加速した。

ハッチを抜けた僕の耳に、メカの動力源であるブ《B》ラドリウム粒《P》子生成炉《G》のうなりが聞こえてきた。人間が無防備に浴びると致命的な粒子なので、僕がつかまっている配管は厳重に遮蔽されている。機内は予想外の暑さだが、シミュレーションで温度変化まで完全に再現できないのはしかたない。むしろ実機に乗っている実感があった。気分が高揚し、たちまち力が湧く。

まるで機械仕掛けの侍の骨格のなかにいるようだ。ダクト、間仕切り、肋材《ろくざい》、冷却口、ノズル、縦貫材が錯綜している。照明はセンサーが反応して自動的に点灯する。

左肩の機関砲にたどり着いた。接続が切れた状態でタカ號の肩の装甲板の内側におさまっている。中央電卓から命令を受けるパネルがあった。安全装置の手動解除は側面にあるはずだ。三つのスロットが開いた大きなレバーがあった。レバーの隣に板状の小さな部品がある。それを一枚ずつスロットに挿入した。レバーが点灯し、それをむこうへ押す。

機関砲が動いて弾薬を自動装填しはじめた。発射炎防護板を跳ね上げて正常に動作していることを確認する。装填されているのは腐食弾。敵メカの装甲を破壊するのに有効だ。

右肩の機関砲にもおなじ作業をして、ブリッジにもどった。

「うまくいきましたか？」範子が訊いた。

僕は兵装インターフェースを確認して、機関砲の命令ボタンを押した。肩当て装甲の下から機関砲が回転して出てきた。

「攻撃準備完了だ」

「警察署がやられました」

「やられた、というと？」

「爆破されました。敵は重要拠点を攻撃してこちらの動きを封じこめようとしています。軍用チャンネルをモニターしていますが、兵士たちが配置につこうにも、通信系が混乱していて難しい状況です」

「どうやってるんだろう」

「さあ。こちらの呼びかけも通りませんわ」範子は北をさした。「敵はサンタスサナ山地へむかっています。そこに援軍がいるとみるべきでしょう」

「敵の四機がそこに着くのを阻止しよう」

「四機ではなく一機でいいはずです」

「どういうこと？」

「四機のうち三機は方向転換してこちらを迎撃に来るはずです。そのすきに残りの一機は離脱しようとするでしょう。隊長機か、重要ななにかを運んでいるのか。私たちは分かれてくる三機を相手にせず、最後の一機を追うべきです」範子は作戦をまとめた。「誠、射撃の腕前はいかがですか？」

「シミュレーションの点数はよかったよ」

「では実戦で試しましょう」

範子は速度を上げて四機の二脚戦車にむかっていった。スキャン画像で見ると敵の全高は約十八米《メートル》。五階建てのビルに相当する。全長は約十米《メートル》。画像解析によると口径一三八粍《ミリ》前後の大砲を各一門そなえる。この砲は格納可能だ。こんなトップヘビーな構造にもかかわらず、驚くほど高速だ。脚は交換可能で、オプションの後方砲塔など異なる兵装をつけているものが多い。

弱点を探してスキャン画像を見ていると、マップ上に新たな光点があらわれた。USJの識別マークがなく、大きさは二脚戦車相当だ。

四機のジャベリン級のうち三機が、範子の予想どおりにこちらへむかってきた。残った一機は針路を維持している。敵の作戦を的確に予想する彼女の能力に舌を巻く。

僕は範子に通知した。

「ジャベリン級八機が新たに出て、接近してくる」

「八機ですか」

かぞえなおして確認した。

「西からだ」

「急ぎましょう」

範子は足裏の車輪を格納し、三機のジャベリン級にむかって走りだした。

「ちょっと……近すぎない？」

僕は不安になって訊いた。範子は答えない。

先頭のジャベリン級の砲塔がこちらにむいた。範子はそこへまっすぐ突進していく。大砲が発射される。タカ號は突進をやめず、すれちがいざまに戦車の防楯をつかんだ。

着弾の衝撃は予想以上に強烈だった。機体の衝撃吸収能力が低いことを実感する。タカ號は勢いをつけてジャベリン級と衝突し、後方の僚機へ押しやった。金属同士の激突はすさまじかった。機体が鐘のように鳴り、ブリッジ全体が揺さぶられる。センサーによると腕の装甲の一部に許容応力を超えた荷重がかかっている。僕はシートベルトで体を固定しているが、首はむち打ち状態になった。相撲の関取同士が簡単な鎧をまとって巨体をぶつけあうようなものだ。タカ號とジャベリン級にくわわった衝撃はそれ以上だろう。

ジャベリン級はのけぞり、後続の僚機を巻きこんで転倒した。

独創的な戦法だった。範子自身がそれを認めた。

「思ったよりうまくいきましたわ」

「それはよかった」

三機目のジャベリン級が大砲を撃とうとしている。僕はタカ號の機関砲で腐食弾を一連射した。装甲が分解したジャベリン級はよろめいた。範子はそのすきに軍扇を抜いて広げた。扇というより偃月刀《えんげつ》に近い。これで敵の砲塔を切り落とす。さらにタカ號の重量を乗せて膝を蹴った。関節構造が壊れ、ジャベリン級は横倒しになった。

八機のジャベリン級増援部隊が先手を打ってきた。遠距離から一斉射撃してくる。範子は最後に倒した戦車を盾にして砲弾の半分を防ぎ、軍扇で残りを片付けようとした。しかし三発の直撃を胸に受けてしまった。被弾の衝撃は強烈で、タカ號は振りまわされてうしろにのけぞった。僕が操縦していたらなすすべがなかっただろう。しかし横目でちらりと見た範子は冷静だった。後部ブースターを吹かして機体の傾きを抑え、戦闘姿勢にもどった。

僕はステータスを確認して通知した。

「右足は損傷がひどくて歩行不能。右腕もほとんど動かない」

敵はまた斉射してきた。今度は盾にするものがなく、装甲を直撃される。それた砲弾はまわりのビルに着弾して炎上させる。スキャン画像には死者数が表示されていく。今夜の犠牲者を考えると悄然となった。

「誠、貴男は脱出してください」範子が命じた。

「なぜ」

「私は体当たりして自爆機構を使います」

「右脚が大破してるんだぞ。立つのも難しい」

「他に提案があるなら言ってください。なければ降りてください」

僕は範子を見つめながら、地上で待ち受けるこれからの生活を考えた。

「きみといっしょに行くよ」

「それが死を意味しても？」

「僕の死に場所はメカのなかだ」

範子はうなずいた。

「最後のひと暴れです。好きなだけ撃ってください」

そう言って、範子はメカの姿勢を起こし、車輪をふたたび接地させた。後部ブースターも使って速度を上げる。車輪で意外に動け、壊れた脚を代替できていた。範子は地形データを読み、風向風速を見て、機体のバランスをとっている。

八機のジャベリン級部隊は間合いを維持して射撃を続けていた。こちらは腐食弾で応射した。しかしシステムとの連携なしで動く目標に命中させるのは難しい。レーザー測距系は壊れているし、自動照準は反応なし。カメラはノイズしか伝えてこない。これはターン制の戦略ゲームではないのだ。交代で一手ずつ打つわけではない。すべてが同時進行のリアルタイム戦闘だ。現状では電卓照準システムに頼るより、いっそ光学式の展望鏡を（もしあれば）使ったほうがましだ。

そのとき、あることが気になって、敵の砲撃の諸要素を電卓で調べた。軌道、速度、その他のデータを見る。ひっかかったのは砲撃音のタイミングだ。八機のうち四機と残り四機が耗《ミリ》秒単位までそろっているのだ。ありえない。ばらついてしかるべきだ。あるとすれば……残りが従属《スレーブ》ユニットの場合だ。主機《マスター》の行動を電卓AI経由で模倣しているのか。ならば理屈の上では乗っ取り可能だ。すくなくとも照準系を攪乱するくらいはできる。

「少々乱暴な作戦を試してもいいかな」

「決死の突撃より乱暴ですか？」

「かもしれない」

「やってください」

電卓を操作して敵ジャベリン級の隊内機界接続を探した。

新たな砲弾の雨を範子がうまくかわした。ただし周囲の住宅が犠牲になった。走りまわるタカ號の機内に音楽が聞こえた。範子が操縦しながら口ずさんでいるのだ。リズムにあわせて機体を動かしている。

ジャベリン級が使っている保護接続をみつけた。秀記からもらった電卓用の機界妨害プログラムは効くだろうか。暗号は突破できないにせよ、強力な機界妨害電波を送れば、接続を混乱させて敵の電卓を停止させられるかもしれない。

私用の電卓をタカ號につないで、秀記のプログラムの目標を敵の保護接続に設定し、妨害電波を送った。電卓とタカ號はあっけなく連携した。

ジャベリン級部隊を見つめる。変化はない。また斉射してきた。いくら範子が優秀なパイロットでも、五発をかわすのがやっとだった。二発が胸に着弾し、もう一発が脚を砕いた。もう車輪も使えない。

兵装コンソールのパネルが割れて、煙と高熱が僕の右腕に噴きつけた。激痛に思わず悲鳴をあげた。自分の肉が焼けるにおいにつつまれた。

範子はブースターで姿勢を立てなおし、近くのビルに軍扇を突き刺して転倒を防いだ。しかしブリッジには煙が充満し、正面の大穴から外が見えている。ブリッジには破片が散乱している。範子の脇腹に金属片が刺さっているのが見えた。装甲を破られたこの状態では、あと一発の直撃で僕らは死ぬ。まだ生存しているのが奇跡的なほどだ。範子は機体を動かそうと奮闘しているが、機関手が不在ではいかんともしがたい。

いる。

彼女はこちらを見た。僕は恐怖のなかで、ここまでだと悟った。一分後には死が待っている。

「範子……」僕は呼んだ。

しかし範子はちがった。落ち着いて、安心させるようにウィンクした。まだいけると、その表情が言っている。

自分がやっていたことを思い出した。脳裏に秀記の姿を思い浮かべ、今度こそと念じながら、もう一度機界妨害電波を送った。

変化はあらわれない。ジャベリン級は砲撃準備をしている。死を覚悟した。

いきなり四機のジャベリン級が爆発した。

こちらのスキャナーは停止しているので詳細不明だが、妨害電波が爆発につながったのだろうか。一瞬の歓喜は、すぐにしぼんだ。まだ四機残っている。砲撃準備をしている。

範子は砲弾をかわそうと軍扇をかまえた。敵は斉射してきた。

しかし着弾しなかった。空から降下してきた特殊なシールドが砲弾をすべてはじいた。

味方のメカだ。タカ號の倍はあるコロス級の戦闘メカ。上空には、積荷を投下して離脱していく八機のティルトローター機の姿がある。さらに二機のメカが降り立ち、敵にむかって走りはじめた。まるで大砲を帯びた巨大な侍だ。

ジャベリン級の矛先は強力な新手に移った。しかしコロス級の敵ではなく、融合剣《フユージョン・ソード》によってたちまち斬り伏せられた。まるで破壊の剣舞。音楽のように完璧だ。

助かった。

運ばれた病院は特別な施設らしく、見慣れない医療機器で検査された。右腕は処置した上で苦痛緩和のジェル槽に浸された。僕は何度か意識が遠のき、ようやく目が覚めたところで食事を出された。驚くほどおいしかった。一番気にいったのはレンコンの天ぷらと特製のサンタモニカ醬油、そしてニンニク味の玄米ご飯だ。デザートに胡麻のアイスクリームの抹茶包みまでついてきた。

将校たちがいれかわり立ちかわり戦闘について質問に来た。できるだけ答えたが、期待される新情報は提供できなかった。大きな処罰を覚悟していたわりに、範子と僕が無断でタカ號を動かしたことについて叱責めいたことは言われなかった。

右腕は驚いたことに火傷痕も残らずきれいに治った。テロ組織が主張する皇国の人体実験の話が頭に浮かんだ。帝試のときに見せられた悲惨な映像と、わが国の先進的な医療技術にはやはり関係があるのだろうか。

「範子は無事ですか?」僕は医師や将校たちに尋ねた。

「心配無用だ」という返事だった。

範子の病室にはたくさんの友人や家族が見舞いに訪れているようだ。僕のほうにはだれも来ない。

腕が治ると、暇な時間に『キャット・オデッセイ』をやりはじめた。しかし以前とは感覚がちがった。本物の戦闘にくらべると緊迫感が色褪せてしまう。何度か試してあきらめ、かわりに戦闘のことを思い出した。

一日たって、範子が僕の病室を訪れた。僕とおなじ種類の病衣を着ている。両親が付き添っていた。どちらも軍服で、大佐の階級章とメカパイロットの記章がついている。名札には橘《たちばな》とある。

僕は立って低頭しようとしたが、寝ているように命じられた。

「そのままでよい」範子の父君から言われた。

「具合はいかがですか？」範子が訊いた。

「天ぷらにされた気分だよ」

橘家はそろって笑った。

「ジャベリン級のスレーブ信号を妨害するとは、なかなか印象的な作戦ね」母君から言われた。

「では、成功したのですか？」爆発の原因がそれだったと知って興奮した。

「みごとな成功だ」

本当に誇らしくなった。橘家の三人も笑顔だ。

「範子が脱出をうながしたのに、拒否したそうね」母君から訊かれた。

「はい」

「きみの帝試や模擬戦試験で不規則な状況があったと範子から聞いたわ。調査を指示した。多少時間がかかっても、なにがあったかはっきりさせる」

そんなふうに配慮してもらえることに驚いた。感激し、どもりながら答えた。

「あ……ありがとうございます」

「きみには可能性がある。機会があたえられてしかるべきよ。そこで私たちの推薦で、ＲＡＭＤＥＴに加入できるよう手配した」

「ら……ＲＡＭＤＥＴにですか？」

緊急機動防衛隊《ＲＡＭＤＥＴ》は民間のメカ警備会社だ。民間とはいえ軍の出身者が大半だ。進路の選択肢として考えるべきだったが、僕は機甲軍にまっすぐ進むことにこだわって考慮していなかった。

「機甲軍で過去最高のパイロットは、自分の脚で歩くことができなかった。だから門前払いされた。それでも彼女はあきらめず、ついに実力を証明した」

「久地樂ですね」

ドイツのバイオメカ大隊を単機で破った伝説的パイロットを知らぬ者はいない。

「彼女はシミュレーションで最高得点を出したにもかかわらず、士官学校を不合格になった。そこでRAMDETにはいり、能力を証明してチャンスを得た。しかし楽な道ではないわよ。むしろ過酷な道のりになる。そこを乗りきれば、多くが機甲軍に採用される」

僕は配慮に恐縮した。

「ほ……本当にありがとうございます。僕のためにもったいないことです」

母君は桜の紋章のラペルピンに指先をふれた。なにかの記念品らしい。

「私たちは天皇陛下の臣民。助けあうのは当然よ」

僕はお辞儀をしようとして、また止められた。さらにいくつか挨拶をして、両親は先に帰った。範子はしばらく残った。

「ありがとう」僕はあらためて言った。

範子は首を振った。

「これはべつのところからの指示です」

「そこはなにか目的があって？」

「高級将校は話してくれません。機密がからむようです。なにかの秘密計画が進行していて、功労者の私たちも教えてもらえません」

「功労者？」

「テロ組織が帝試に侵入しようとしたでしょう。あれの真の狙いは接続先にあったんです。帝試の混乱は見せかけで、高校の機界接続を踏み台に軍のシステムにはいろうとしていました。私たちが阻止しなければもっと多くの混乱が――」

そこで電卓の着信音が鳴り、範子は電話に出た。

「少々お待ちください」相手に言って消音に切り替え、僕に言った。「恐れいります――バークリーからの電話で」

「もう行くのかい？」

範子はうなずいた。

「いつかまたごいっしょできると信じています。続きはそのときに」

病室を出ようとする範子に、僕は言った。

「戦闘でのきみの働きはすばらしかったよ」

範子は微笑んだ。

「まだあんなものではありませんわ」

たしかにそうだ。


事件はすでに知れわたっていた。二人の高校生がNARAに手痛い打撃をあたえた。大破したジャベリン級の機内で自決しそびれたテロリストは、拘束されて特高の尋問を受けている。

クラスメートはその話題で持ちきりで、僕に尊敬のまなざしで話しかけてくる者もいた。

注目の的になるのは不思議な気分だった。

旧暦の新年は二月十日からはじまる。旧正月の行事で提灯行列が夕暮れにおこなわれた。四角い提灯をいくつも竿の上に飾った万灯《まんどう》を生徒たちが捧げ持ち、市内を練り歩く。みんな和服に下駄履きだ。新年の願掛けのために高校から山縣《やまがた》神社まで皇室頌歌を合唱しながら歩いた。亥年を迎えるので猪のお面や張り子の縁起物が売られている。御代《みよ》の祝辞が書かれた数千個の風船が空に放たれた。新年を祝うお節料理が弁当箱のような重箱で供される。面をかぶった舞手が対米対ソ戦の皇国勝利を記念した剣舞を舞う。男女の応援団長は神道の各種行事のために伝統的な化粧をしている。僕は橙《だいだい》を食べながら、万灯の上の小さな提灯の火を心配していた。風に吹き消されそうだし、急ぎ足で運ぶとまた消えかねない。俳句で蠟燭といえばお涙頂戴の材料で好きではない。しかし命のはかなさを、皇国を照らすつかのまのともしびにたとえると哀切きわまりない。

目的地に到着すると音楽が高まった。『日星旗』だ。

「やっと会えた」

グリゼルダだ。着物姿だが、他のドイツ人のように鉤十字の腕章もしている。僕らは抱擁した。

「太閤市の友だちを訪問しているときにメッセージが届いたのよ」

あんな別れ方では悔いが残るので、卒業前にもう一度会いたいとメッセージを送ったのだ。グリゼルダは続けた。

「RAMDET入りですって。おめでとう。誇らしいわ。ジャベリン級を七機も倒したんですって？」

「ほとんどは範子の手柄だよ」

「謙遜しないで。記事を読んだわ。どちらもすごいじゃない。どんな気分？」

「本当に正直にいって、あの境地をもう一度という感じだよ。他のことはどうでもよくなった。開放的な気分だった」

「アドレナリンの効果ね。日常生活にもどれなくなりそうなほどの」

グリゼルダがよく知っているように言うので、返答に詰まった。

「ドイツのバイオメカのパイロットをきみはよく知ってるのかい？　彼らもこんな試験を受けるのかな」

「第三帝国では年齢にかかわらず資質だけで採否を決めるのよ。十三歳のパイロットもいるわ」

「精神的な負担が大きすぎないかな」

「パイロットによりけりね」

花火が上がる大砲のような音が響いた。とたんに、頭に戦闘の場面がよぎった。あきらかな戦闘ストレス反応だ。死と隣りあわせの恐怖と興奮が脳裏に蘇る。

グリゼルダは僕が心理的に不安定になっていることに気づいて、あえて話しかけてくれた。

「ねえ、この曲ができたいわれを知ってる？」

僕は脳裏の記憶を振り払って答えた。

「アメリカの歌だ。書いたのはフランシス・スコット・キー。米英戦争中の一八一四年の、ある戦いの勝利を記念したものだ」

「でもメロディのほうはイギリスの『天国のアナクレオンへ』という曲よ。じつは替え歌なの」

「それは知らなかった」

僕は答えて、着物の袖を引っぱった。

「さらに日本の作曲家の熊谷《くまたに》が、アメリカのこの曲に新しい歌詞をつけて『日星旗』として発表したわけね。フランシス・スコット・キーはこの曲で自由を賛美したけど、自身は奴隷制の強力な支持者だった。熊谷は天皇に命を捧げるという至高の歌を書いたけど、本人は国家資金横領の罪で死刑になったわ」

花火が上がり、花や、龍や、メカが夜空に描かれた。

「あけましておめでとう、グリゼルダ」

「あけましておめでとう、マック！」

しかし、どちらにとっても幸運な新年にはならない予感があった。

沈黙線

一九九五年夏

4

後悔にさいなまれるときの時間ははてしなく長い。ＲＡＭＤＥＴはそんな気分を変えてくれた。

範子の両親が推薦してくれたおかげで、僕はダラス都会郊外の緊急機動防衛隊《ＲＡＭＤＥＴ》の訓練キャンプにはいれた。調べて確認したとおり、メカパイロットを志望しながら機甲軍入隊がかなわなかった者が行くところだ。三カ月の基礎訓練に耐えられれば、独領アメリカ発の貨物列車を護衛する四脚メカのクルーの一員になれる。そこで九カ月しのげれば、四脚メカを操縦できる見込みが出てくる。僕の目標は一年間ここでがんばり、経験を積み、試験勉強をして、陸軍士官学校にもう一度挑戦することだ。困難なまわり道だが、ここから切符をつかんだパイロットは長い歴史で数十人いる。ＲＡＭＤＥＴは民間組織ながら地域の軍と協力するし、教官の多くは元軍人だ。

訓練施設はきわめて簡素だ。十棟の宿舎はいずれも間仕切りがなく、板張りの床に薄い寝袋を敷いただけ。まわりには障害物コース、射撃場、訓練用プール。そして食堂と教官たちの管理棟がある。メカは影もかたちもない。

初日の到着早々、僕ら百十八人は服を脱がされ、トレーニングウェアだけをあたえられた。外は雨。道は泥だらけ。女性教官は名乗らず、ただ先生と呼べと命じた。スキンヘッドで、顔の半分をおおうほど大きく分厚いサングラスをかけ、筋肉はレスラーのように盛り上がっている。装備の詰まった大きなバックパックをかつげと命じた。四十五瓩《キログラム》近くあるはずだ。

「ランニング開始！」先生は命じた。

広大な敷地を一周する全長約四十一粁《キロメートル》の道を走らされた。先生は四輪駆動車に乗り、遅れる者を拡声器で怒鳴りつける。

「警備メカに乗れると思って来たのなら、幻想はさっさと捨てろ。期待しないほうが身のためだ。貴様らの大半は最初の一週間で脱落する。この仕事に楽しいことはなにもないぞ」

五分ともたずに肩が割れそうに痛くなり、息が上がった。雨ははげしい。降参したい。しかし秀記のことを考えて苦しさに耐えた。

十分後に新入りの一人が泥に足をとられ、うつぶせに倒れて立てなくなった。先生は四駆を止めて、そいつの顔を引き上げ、怒鳴りつけた。

「じゃまだ、帰れ!」

新入りは泥だらけの顔でよろよろと立った。宿舎まで走って帰れと先生は命じた。そこで解雇通知が渡される。

それから三十分で八人が続いた。僕はなぜ立っていられるのかわからないほどだった。一時間で脚は泥のようになった。バックパックを下ろしたいが、下ろした二人は追い出された。暑いのか寒いのかわからず、暑くて同時に寒い気がした。もう一歩も進めないと思ったとき、先生が怒鳴った。

「休憩!」

泥だらけになるのもかまわず、地面に倒れこんだ。

新入り訓練生の一人が近づいてきて自己紹介した。

「千衛子《ちえこ》だ」

鳶色の短髪で、疲れたようすがない。一人だけぴんぴんして、全員に挨拶して出身地を尋ねてまわっている。身長百五十糎《センチ》強のずんぐりした体に太い腕。

「あたしは太閤市出身だ」

鼻をこすりながら話す。頬はそばかすだらけで、灰緑色の目は小さい。

「模擬戦試験を三回受けたんだけど、点数がたりなくてさ。才能がないって言う指導教員がまちがってることを証明するためにここに来た。あんな試験は関係ない。あたしはUSJ最高のメカパイロットになる」

三回受けたということは二浪したわけだ。

べつの訓練生が話に加わり、レンと自己紹介した。

「俺は五回続けて受けたよ。それでも点数不足で、両親からはあきらめろって言われたけど、試したくて来たんだ」

ブラジル人とメキシコ人の血を引くレンは、訓練生のなかで一番の長身で、耳が大きくて垂れている。

グループ会議はすぐに先生の号令で中断し、ふたたび走らされた。二人の落第者と話したおかげで僕の劣等感はいくらかやわらいだ。なぜがんばれたのかわからないが、その日の終わりまで生き延びられた。

夕食は玄米ご飯と味噌汁と鉄火巻きだった。信じられないほどうまかったが、おかわりなしだ。前菜程度の量なのに。食べおえたらそれまでで、宿舎に追い返された。その晩は疲労よりも空腹に苦しんだ。寝袋は薄くて寒く、二十人雑魚《ざこ》寝《ね》で窮屈だ。訓練生の大半はすぐに眠ったが、一人だけ山羊のようにいびきをかくやつがいた。山羊のいびきを聞いたことはないが、きっと山羊のほうがましだ。だれかと思えばレンだった。揺り起こそうかと思ったとき、だれかがその胸を拳で叩いた。いびきは一時的に止まったが、三十秒後に再開した。僕は雨の音に意識を集中して、ようやく眠れた。

五分しか寝てないような睡眠不足の朝を迎えた。節々の痛みは十倍に悪化していた。ただし天気は回復し、外は暑いほどだ。茹で卵とブロッコリの軽い朝食をとり、先生の命令で宿舎前に整列した。日章旗に低頭し、「日本合衆国旗と大日本帝国への忠誠を……」と誓言を唱える。点呼をとると二十六人も減っていた。

またランニングだ。今度はバックパックなしで、いくらか楽だ。疲労で頭が働かなくなった。自分がなにをしているのかわからないまま脚を動かした。ランニング二日目がいつのまにか五日目になった。へばった者は解雇だ。転倒してもすぐに立てば続けられる。僕はランニングが遅かった。最下位に近い。そしていつも空腹だった。しかし二週間がすぎる頃にはたるんだ腹がいつのまにか引っこんでいた。

苦しめられたのは疲労より、むしろ夜の蚊だった。僕の血を好むらしく、集中的に吸いにくる。夜中に目覚めて全身を掻きむしった。うとうとすると蚊の音が耳につく。うるさくて執拗で腹立たしい。ぼりぼりと体を掻いていると千衛子に笑われた。

「先生からクリームかなにかもらえ」

先生のところへ行くと、かゆみ止めのクリームをくれた。ただしそれ以後、クリームが僕のあだ名になった。

「クリーム！　腕立て伏せ二十回！」

「クリーム！　訓練生でビリケツだぞ！」

「クリーム！　トイレ掃除だ！」

トイレは慣れるのが難しいものの一つだった。高校の寮のトイレは、共同とはいえまがりなりにも水洗だった。ここでは屋外便所が五つあって便器は地面に掘った穴。つねに蝿とうじ虫がたかり、強烈な悪臭を放つ。掃除は僕ら訓練生の仕事だ。毎日午後に当番が出て、汚物をバケツに移して近くの畑へ運ぶ。それを肥料に育った作物が訓練生の食材になる。

僕の最初のトイレ掃除は千衛子とレンといっしょだった。糞便をいれたバケツを両手に提げて運んでいると、レンが石につまずいて地面にぶちまけた。先生が飛んできて三人に命じた。

「素手でバケツにもどせ！」

先生が去ったあと、レンは僕らに頭を下げて大声で謝った。

「ごめん！」

千衛子が言った。

「先生の仕事はあたしらの精神を叩きつぶすことなんだ。どろどろにすりつぶしてオレンジジュースみたいになったら一人前ってわけ」

「これはオレンジジュースとはいえないな」

僕は言いながら、醜悪きわまりない糞便の山を地面からすくった。

訓練のおかげで精神はタフに、体は強靱になったと思いたい。しかし疲労がいつも抜けなかった。すきあらば仮眠をとった。食事は急いでかきこみ、次のランニングまでに十分でも目をつぶった。ふくらはぎがよく痙《つ》った。夜中に筋肉が痙ったときに楽なように横むきに寝るのが癖になった。

「脱水症状だから、もっと水を飲め」

千衛子は言うが、水の配給も制限がある。

「バナナがいいぞ。銀鉱山で働いてた親父は筋《すじ》が痙らないように毎日バナナを食べてた」

レンは教えてくれた。しかしバナナなどどこにあるのか。

未明の三時に先生が全員を叩き起こした。

「眠れん。貴様らの弱さを考えていたら腹の調子がおかしくなった」

レンと僕は半分眠ったまま走りはじめた。千衛子は元気いっぱいに先頭を走る。その体力に感心して、僕は全力であとを追いはじめた。

いつもいっしょに最下位争いをしているレンは、すぐにバテるはずだとカウントダウンをはじめた。三十秒後に息が切れた僕は追いつかれた。

「気分はどうだい?」レンが訊く。

「早く宿舎に帰って眠りたい」

レンは大笑いして、千衛子を追っていった。僕ははるかに遅れた。

一カ月が経過し、同期は四十九人に減っていた。

「マラソンの練習しにきたんじゃないんだ」

解雇組の一人の捨て台詞には僕らも同感だった。

ある朝は起床からすぐ三十粁《キロ》走らされた。重い装備をかつぎ、天皇陛下をたたえる歌を歌わされる。はっきりいって限界だった。疲労が蓄積していた。休む暇がない。睡眠は先生の機嫌しだいで細切れに供給される。とはいえ先生が機嫌がよかったためしなどない。睡眠の次にほしいのは静かな時間だ。いざとなれば命を捨てて敵を殺すという歌詞のくりかえしにうんざりした。そもそも軍歌として出来が悪い。普通の軍隊行進曲がましなくらいだ。

「聞こえんぞ！」先生が怒鳴った。

丘の上に着いて三十分の昼食休憩を許された。僕は配給された二枚のビスケットと鯖《さば》の干物を取り出した。千衛子は堅いリンゴをかじるようにビスケットを食べると、東に広がる無人の荒野を眺めた。世にいう沈黙線だ。幅二百粁《キロ》の帯状のこの地域には動植物の姿がないのでこう呼ばれる。むこう側は独領アメリカで、テクサーカナ砦がある。

千衛子は僕を呼んだ。

「クリーム。おまえ、ドイツへ行ったことあるか？」

僕は首を振った。

「ない」答えて、グリゼルダのことを考えた。

「あたしもない。ナチスをぶちのめす以外の用事で行く気はねえな。あいつら鼠まで色分けして処刑してるらしい」

「どういうこと？」

「あっちじゃ白い鼠だけが無罪放免で、茶、黒、灰色の鼠は撃ち殺されるんだ」

ジョークなのか本気なのか。

「鼠をフライにしたことは？」千衛子はまた訊いた。

「ないよ」

「香辛料を工夫するとけっこう食えるぞ」

レンが口をはさんだ。

「趣味悪いな。俺は鼠は食べない」

「なぜ食べないんだよ？」

「昔、鼠を三匹ペットとして飼ってたんだ。毎日遊んでやって芸を教えてた」

「投げた棒を取ってこさせたり、死んだふりをさせたりか？」

千衛子がからかった。レンはペットの選択についてしばらく抗弁し、千衛子は彼のニックネームを鼠がらみに変えようと主張した。

夜は疲れてなにもする気になれないのが普通だ。しかし訓練生のなかには煙草などを賭けて花札遊びをやる者も多かった。ルールは伝統的なものから朝鮮流、十七種類あるUSJ流まで移り変わった。僕は花札が十二カ月の花の図柄で構成されることは知っているが、遊び方は詳しくない。手首のスナップをきかせて大きな音をたてて他の札にぶつけるのを見るばかりだ。

女性訓練生の牡丹《ぼたん》は、普段は無口なのに、花札で競うと無敵だった。ある晩は勝ちすぎたせいでイカサマを疑われ、敗者たちは金輪際彼女とは遊ばないと宣言した。時間、花札、煙草という商品がめぐる小さな経済。通貨としての重みを持つのは仲間内の評判だった。

農夫でもないのにどうして毎朝早く起こされるのか。寒いし、筋肉はこわばるし、ベッドにもどりたい。ところがある朝集合すると意外なことが起きた。ランニングを命じられなかったのだ。

先生は、格闘戦をやるから一人ずつかかってこいと、柔道の構えをとった。僕より先に対戦した十四人の訓練生は、みんな一瞬でのされた。僕の順番がまわってくると、あえてが怒鳴った。

距離をとった。先生が近づいてくると退がる。そうやって一分くらい続けるうちに、先生

「クリーム！　ダンスじゃないんだ。倒しにこい！」

そのタイミングで僕は飛びかかった。しかしさすがに先生はすきがなく、僕の肩をつかむと、右足をかけて肩を押した。僕は足をとられてあっさり転倒した。先生は僕の背中を踏んで言った。

「見えすいた策だ。通用すると思うな」

他の訓練生も五十歩百歩だった。ただ一人善戦したのが千衛子だ。低く慎重に構えて、先生の動きを警戒する。先生が仕掛けても、千衛子はかわして反撃した。やがて千衛子は腹への当て身を狙っていった。しかしかわされ、空振りで姿勢が崩れたところに足払いをかけられて、僕らとおなじく地面にころがされた。

「格闘において重要なのは、間合いと足の位置だ。柔道の基本は、柔よく剛を制す。すなわち最小限の力で最大の効率をなすことだ。相手の足運びを見れば攻め口が読める。いまから十の形《かた》を教える。これを覚えればどんな相手にも通用する」

それから三週間はひたすら受け身を練習した。背中がもし粘土だったら叩かれつづけて曲がってしまっただろう。

「猫を知っているか？」先生は全員に訊いた。

に挙手した。

『キャット・オデッセイ』でもいいだろうかと思いながら、僕は他の十人ほどといっしょに挙手した。

「猫は高いところから落ちても軽く着地するだろう。なぜだかわかるか？　動きがしなやかだからだ」

一日百回、畳に投げられた。落ちるときに両腕で畳を叩いて衝撃を分散させる。体をこわばらせるな、背中を丸めて揺り籠のようにころがれ。そう教えられても簡単にはできない。落下の恐怖で体は本能的に重力に抗しようとする。

「受け流せ。逆らわず、受け流せ」先生はくりかえした。

どれだけ練習しても背中は痛かった。

投げ、組み、極《きめ》の形を習った。講道館護身術の二十一本の形は、素手あるいは武器を持った相手を倒す方法を教えてくれる。殺人光線を放つ敵に通用するかは不明だ。しかし柔道の有効性に疑問を呈する者は、先生によって畳と背中が一体化するまで投げられる。

スクワットを一日五百回やらされた。膝曲げ片脚立ちを十分間。終わったら反対の脚で。脚の筋トレのきつさはランニングがましに思えるほどだ。

先生が相手でないときは訓練生同士で組んだ。千衛子はレスリングの経験があって上手だ。しかしその話はしたがらなかった。レンが訊いた。

「なぜだ？　せっかくの強みなんだから自慢すればいいのに」

しかし千衛子は首を振る。

「昔、試合で投げ技をかけて、相手の女子選手に脊椎損傷の怪我を負わせたことがあるんだ。あやうく殺すところだった。一糎《センチ》ずれてたら本当に死んでた。相手は病院に運ばれ、手術に二日かかった。あたしの人生で一番長い二日間だった。殺してたかもしれないと思うと耐えられなかった」

「命はとりとめたのかい？」

「かろうじてな。特別な手術で歩けるようになったらしい。でもあたしはレスリングをやめた。人間の体がいかにもろいか知った。だからメカに乗ることにしたんだ。そうすれば人間以上の体になれる」

訓練生同士の組み打ちは、どちらかというと最大限の力で最小限の効率をなすものだった。僕はレンを投げようとし、レンは僕を投げようとする。体格差があるのでレンを投げるのは難しく、たいていは簡単に投げられてしまう。

それが終わると三十分間のストレッチ。筋肉をしなやかにするためだ。広背筋や膝腱を伸ばし、ヨガの鳩のポーズや側臥位から腕をまわす運動で関節をほぐす。

「適切なストレッチをすると筋肉は一・五倍に伸びる。しかし腱はそこまで伸びないからバランスが重要だ」

膝を伸ばした前屈で、はじめ僕の手は足首までしか届かなかった。しかし三日目に爪先に届いただけでなく、手のひらを地面につけられるようになった。これはたしかに気持ちいいし、痛みがやわらぐ。しかし今度は脚が痛くなり、関節がはずれそうになった。レンはその症状がひどく、足を引きずっていた。

そんな彼とまた組み打ちをした。普段なら僕がヘッドロックをかけられるか、地面に投げられて終わる。しかしこの日のレンは動きが鈍く、消極的だった。僕は何度か仕掛けて、すきをついてつかまえ、投げ技をかけた。簡単に投げられるはずだった。ところがレンは〝受け流す〟のではなく、僕の右腕にしがみついた。こちらはすでに技にはいっていて止められない。投げるときに肩の奥でなにかがちぎれるような感じがした。激痛が走って動けなくなった。腕を垂らすと痛みはおさまるが、上げようとすると激痛が蘇る。

「先生！　先生！」

呼ぶと、先生がやってきた。

「どうした」

「う……腕が」

手を添えられて腕を上げようとするが、また痛みに身をすくめた。

先生はポケットから電卓を出した。

「医務員を頼む」通話を切って、僕に命じた。「退がっていろ」

僕は壁ぎわにすわって他の訓練生の練習を見た。レンが謝りに来た。

「本当にごめん。こんなことになるとは思わなくて」

「いいんだ。事故だよ。すぐ治る」

医務員は美菜子というマレーシア系の女性で、訓練生とさほど変わらない年齢に見える。救急キットを持ってきた彼女に僕は経緯を説明した。美菜子は専用のセンサーを組みこんだ電卓を患部にあてて、リアルタイムのX線画像を表示した。それをしめして言う。

「よかった、骨折はないわ」

「ここに隙間があるようだけど」

「腱や筋肉の場所ね。次はそこを調べましょう」

数回スキャンしていると、先生がやってきた。

「予後はどうだ」

「回旋筋腱板の一部が損傷してるわね。緩和パッチを使えば治癒を促進できるけど、一週間かかる」

「長すぎる」

「しかたないわよ。運動もトレーニングも禁止。保養休暇をとらせること」

美菜子は電卓を下ろして、僕にシャツを脱ぐように指示した。むきだしになった肩全体を布で包み、特殊な液剤をかけて硬化させる。さらに緩和剤を注射した。内服薬として錠剤を一週間分、六錠出す。そしてキットを片付け、僕に親指を立てて、帰っていった。

先生は僕を見下ろした。

「残念だったな、クリーム」

「どういう意味ですか？」

「一週間の脱落は長すぎる。貴様は馘《くび》だ。管理棟で解雇通知を受けとれ」

「ま……待ってください。もう訓練を受けられないんですか？」

信じられない。苦労してここまできたのに、事故で怪我したせいで終わりだなんて。

「腕が動かない訓練生に用はない。一週間の遅れはとりもどせない」

「どうしろっていうんですか？」

「次の訓練生募集を待って再挑戦するんだな」

復帰するためにあの地獄の二カ月をもう一度やれというのか。また怪我をしたらどうなるのか。怒りが肩の痛みを上まわった。

「理不尽です」

「駄々をこねるな。慈善事業じゃないんだ」

先生は背をむけた。その背中に僕は侮辱を感じた。子どもの頃からずっと感じてきたものだ。耐えがたい無視と軽視。

ここは口をつぐんで運命に甘んじ、次の機会を探すのが礼儀だろう。しかし失敗ばかりの人生を歩んできた僕にはもう耐えられなかった。

「先生!」

彼女は振りむいた。

「用済みだと言っただろう」

「用済みじゃない!」僕は叫んだ。「それは勝負してから決めてください」

「勝負?」

「三本勝負で、一度でも先生を投げられたら、僕は残ります」

「できなかったら?」

結果をみじんも疑っていない。そのことがよけいに腹が立った。

「素直に去ります。いい先生に出会えなかったと思いながら」

先生の顔にようやく苛立ちが浮かんだ。指を上げて僕を招く。訓練生たちが集まり、人の輪をつくった。ドラマに飢えたハゲタカだ。

はなから勝ちめなどない。こちらは腕が動かないし、そこを狙われるだろう。軽く押されただけで激痛で動きが止まる。先生の鋭い目が肩にむいているのを見て、十回やっても負けるだろうと思った。帝試をふくめてあらゆる課題に失敗しつづけてきた僕の人生とおなじく。せめて腕が動けば……。いや、相手をだれだと思っているんだ。たとえ肩が万全でもかなわない。

むきあい、距離をとって、相手のすきを探した。

「またダンスか、クリーム？」

「僕の名前は誠です！」

先生はにやりとした。

「誠実な人間はバカをみる」僕の名前の意味をネタに嘲笑した。「おまえもそのたぐいだな。ダンスは終わりだ」

先生は間合いに踏みこんできた。左にフェイントをかけて、右腕をつかもうとする。僕は姿勢を低くして脚に飛びついた。押し倒せればという一縷の望みをかけていたが、先生はジャンプして突進をかわし、僕の背中を踏みつけた。痛めた腕も踏まれた、ナイフで刺されたような激痛が走った。完全に勝負あり。僕の負けだ。

それでも痛みをこらえ、体を返してあおむけになり、脚をつかんで引き倒そうとした。先生は不意をつかれてよろめきながら、器用に着地した。悪あがきだったが、他に打つ手がないのだ。先生は僕の顔を踏み、さらに肩を踏んだ。激痛で反撃できない。もはや殴り殺されてもしかたない。ところが先生は呵々大笑《かかたいしょう》した。僕は予想外の反応に驚いた。これも嘲笑か。

「いい根性だ、クリーム」先生は踏みつけた足を下ろして、僕を指さした。「保養休暇を三日やる。それがすぎたらもどってこい」

他の訓練生たちは驚いた顔だ。僕も驚いた。先生はなにごともなかったように全員を怒鳴りはじめた。

とにかく首の皮一枚つながった。

回復を早めるために、僕はダラス都会内のＲＡＭＤＥＴ本部に移された。さすがに本部施設は大規模だ。警備基地というより会社然としている。事務棟が八棟、さらに各種防衛機材の整備棟が四棟ある。ＲＡＭＤＥＴは世界各地に拠点をかまえ、皇国がナチスあるいはイタリアと国境を接するところで活動している。

本部には職員の居住棟もある。僕に割り当てられた部屋はかつての寮室くらいの広さだった。そこを一人で使える。

療養期間はメカの歴史の勉強を命じられ、教科書を電卓で受けとった。書名は『ＲＡＭＤＥＴ版　機械化戦闘防衛部隊の歴史』で、メカの進化をしめす歴史的映像資料が満載だ。はじまりは一九四〇年代中盤、ソノー産業という小さな技術企業だった。戦車製造の下請けだったその会社の主任技術者、戊代宏《ぼしろひろし》は、ドイツの列車砲を研究していた。しかし列車砲は機動性に制限があり、実戦では役に立たなかった。伝説によれば、戊代は大阪の軍事パレードで侍の一団とそれに続く戦車隊を見て、武将鎧と戦車の火力の組み合わせを思いついたという。

戊代はソノーで最高の頭脳の持ち主の一人だった。さらにアメリカの自爆攻撃で息子を殺され、精神的に打撃を受けていた。そのため復讐を誓い、日夜努力した。機械の侍と戦車が合体した試作機は、白黒の２Ｄの静止画が残っているだけだが、シュールな姿だ。高さは五米《メートル》で、移動には履帯《りたい》を使った。初期の歩行実験の映像は惨憺たるもので、バランスをとるのさえ困難だった。何度も再設計してようやく歩けるようになった。

重量配分と二足歩行に必要なエネルギーの関係をあらわす計算式を戊代が完成させたのはこの頃だ。それにもとづいてジャイロ《G》・スタビライザー《S》が開発された。太平洋戦争期でもっとも重要な発明の一つであり、おかげで軍はより大型のメカを製作できるようになった。

僕はトイレに立った。手を洗いながら、鏡に映った自分をひさしぶりに見た。ずいぶん痩せた。自分で自分の顔を見ちがえたほどだ。突き出た頬骨から、いままでいかに太っていたかを実感した。分厚い脂肪におおわれていた腹に、いまは割れた筋肉が見える。毎朝見下ろしていたが、変化がゆるやかなせいで気づかなかった。

ベッドにもどり、機界アクセスが回復した電卓でメッセージを確認した。ＢＥＭＡの合否判断がくつがえる可能性はあまりないと思いながらも、橘大佐の要求を契機に、もしかしたら再検討されるのではと期待していた。本当にそうなったらどうしようと考えて、無意味に浮かれた気分になった。

ドアにノックの音がした。僕はトレーニングウェアを着てドアを開けた。意外な訪問者は、医務員の美菜子だった。ピンクの帽子にデニムのオーバーオール。無数のラメがきらめく靴。

「ここに送られてたのね。行きましょう」

「どこへ?」

「ダラス都会を案内してあげる」

「でも、勉強しないと」

「ひと晩じゅう?」

「夜は休みますけど、三日で読まないといけない」

「と、令子から言われたんでしょ」

「令子?」

「先生よ」

「命令なんです」

「一晩くらい遊んでも令子は怒らないわよ。他の服はないの?」

トレーニングウェアの上下を見られた。

「持ってません」

「行く途中で買うしかないわね」

「行くってどこへ？」

「〈ベルトーリ〉よ。町の新しいディスコ」

基地から出ると、美菜子のボーイフレンドが車で待っていた。

「伊佐凪《いざなぎ》だ」彼は自己紹介した。「みんなからはイジーと呼ばれてる。きみはラムズだって？」

ＲＡＭＤＥＴの略だろう。

「まだ訓練生ですけど」

僕は後部座席に、美菜子は助手席に乗った。夏の長い日もさすがにビルの谷間に沈もうとしている。イジーは駐車場から車を出した。

「忙しいのは俺たちよりラムズだ」イジーは言った。

「どういうことですか」

「こっちは市内警備までで、市外には出られない。沈黙線は中立性を厳格に維持するために、軍は立ちいれないんだ。その点、ラムズは民間警備会社で、ナチスとも契約関係がある。だからテクサーカナ砦にはいれるし、列車を護衛して沈黙線を横断できる」

「機甲軍の方ですか？」僕は思いきって訊いた。

「そうだ」

「職種は？」

「ナビゲータだ」

ナビゲータはメカの針路を設定し、実際の地形を見てメカが歩けるかどうか調べるのが仕事だ。土質をモニターして、フルサイズのメカの重量に耐えられる地面かどうか判断する。ナビゲータのミスが戦闘の勝敗を分けた事例を僕でさえ五件挙げられる。母がナビゲータだったからそういうことを知っている。おなじ職種のイジーはとても頭がいいはずだ。

「すごいですね」

イジーは運転しながら肩をすくめた。

「たいしたことはない。どこにも行かないんだから、なにもしてない。ほら、あそこに集まって立ってるだろう」

猪田《いだ》駅のむこうに哨戒メカの影が四つそびえている。厚みがあり、丸みを帯びた輪郭。数カ月前の戦闘で見たコロス級よりがっしりしている。

「左がフカ號で、俺の乗機だ。脚はもう動かないかもしれないな」

「イジー、平和はいいことよ」美菜子がたしなめる。

「不満はないさ」

「あるように聞こえるけど」

「むこう側に陣取って手をこまぬいてるナチスほどじゃない。テクサーカナ砦は地上の黄泉国《よみのくに》だぜ」

二人は言い争う。よくある恋人同士のじゃれあいだ。僕は窓の外を見た。明るさも電飾の数もロサンジェルスほどではないが、それでもダラスは大都市だ。沈黙線から離れて西へ走るとさらににぎやかになった。やがてウラハラ商店街にはいった。十本の通りにファッションの店が集まっている。

「どんな服が好み?」

美菜子に訊かれて困った。そんなの考えたこともない。正直に答えた。

「店で服を買ったことがなくて」

記憶を探ってから、首を振った。

「学校で支給された服をいつも着てました」

「一度も?」

「とりあえずZコートを着せれば」イジーが提案した。

「そうね、お手軽だわ」美菜子は同意した。

十分後に美菜子が買ってきた服は、一見すると普通のコートだった。しかし着ると僕の体形にあわせて変形した。さらに美菜子が電卓を操作すると、Zコートの外見が変化し、シルクのシャツと黒のドレスパンツのようになった。送られてきたアクセスコードによって僕の電卓でもZコートの属性インターフェースにはいれた。スクロールしていくと多数の設定項目がある。袖の長さはZコートの表面を透明化して調節するようだ。素材の外見はフリースから紫のレザーまで望みのまま。サイズも大きめからタイトな寸法まで変えられる。フードは脱着可能で、ジャケットにも、パーカーにも、タートルネックのセーターにもなる。

「少ない荷物で旅行できて便利よ」美菜子は言う。

「いくら払えばいいですか」

美菜子は微笑んだ。

「いいわよ。初めての服選びにつきあった記念に」

僕は頭を下げて二人に感謝した。

「生真面目なやつだな」

イジーは言ったが、二人とも満足げだ。

車にもどるとき、運転席の特製のホルスターに新軍刀があるのに気づいた。イジーは僕の視線を見た。

「アルバカーキで誂《あつら》えた。〝軍刀は豊川〟なんていうやつらにだまされるな。あれは量産品。こいつは一品物だ」

柄《つか》に鮫の刻印がある。多くの将校が帯びる豊川海軍工廠製は官給品で特別な意匠はない。

「使い道は一つしかないんだけどね」美菜子が言う。

その意味は〈ベルトーリ〉に着いてわかった。正面入り口は多くの客で混雑している。

しかしイジーは裏道にはいって黒服に車をあずけた。

「VIP専用口よ。機甲軍将校はここが使えるの」

ロボット柄の着物姿の白人の用心棒は、イジーの軍刀を見るとなにも言わずに僕らを通した。

店内には旧式ロボットのミュージアムがあった。七〇年代の人造女給や決闘ロボットが奥に見える。電卓を組みこまれたヒューマノイドは、ムッソリーニやロンメルのような歴史的人物を模倣してみせる。犬のコーギー用のごつい強化スーツ試作品もある。オーディンという名称で、機関銃を搭載し、足先がピストルになっている。

給仕も細身のロボットスーツを着て肌を銀色に塗っていた。ディスコは複数のフロアに分かれ、年代別のテーマになっている。僕らは六〇年代フロアへ行った。古いデザイン、派手な照明、復興期の調度品で統一されている。ビロード張りのブース席の一つに案内された。すでにウォッカのボトルが用意されている。

「日本酒では酔えないのよ。とくに熱燗《あつかん》では」美菜子が言った。

イジーは二つのグラスにウォッカをついで、僕に訊いた。

「飲むか？」

僕は首を振った。イジーは瓶をおき、美菜子と乾杯して、すぐに次をついだ。ペースが速く、あっというまに三杯飲みほす。

　イジーはそれほど強くないらしく、すぐに顔が赤くなった。美菜子が注文した豚肉の串焼きといっしょに、ワサビをまぶしたマカダミアナッツが運ばれてきた。

「なぜラムズにはいったんだ？」イジーに質問された。

隠してもしかたない。

「メカパイロットになりたいからです」

「俺もパイロットになりたかった。でも反射神経試験の点数がたりなかった」

「もっと練習すればよかったのに」美菜子が言う。

「だれかさんの尻を追いかけるのに忙しくてな」イジーが言うと、美菜子は照れ笑いした。

「まあ、無駄じゃなかった。おかげで楽な仕事にありつけた。しかもナチスのバイオメカと交戦しなくていい」

　ドイツ軍のバイオメカの記録はほとんど表に出ていない。

「バイオメカと戦ったことがありますか？」

「ない。戦闘の映像は見た。おまえは見たか？」

「公表されているものは」

「恐ろしいぞ。攻撃前に数十機の羽虫機が襲ってくるんだ」

「羽虫機？」

「ロケット弾を積んだ黒いドローンで、敵を消耗させるのが狙いだ。攻撃前に耳ざわりな音をたてる。まるで霧みたいに機械の虫がたかってくる。そうやってこちらの牙を抜き、弱らせたところで、本体が一気に弱点を衝いてくるんだ」

イジーは強調するようにじっとこちらを見た。そして、「トイレ行ってくる」と言って、ふらふらと席を立った。

美菜子が首を振った。

「あれでも陽気な酔っぱらいだからいいのよ。陰気な酔っぱらいは嫌い」

「あなたはなぜラムズに？」

美菜子はウォッカをついで、そのグラスをまわすように揺らした。

「軍の衛生科に辟易《へきえき》したのよ。死体ばかりで」一口飲む。「ラムズでは人の役に立てるわ。あっちでは死にぞこないの傷を縫いあわせて、死体の量産現場に送り返すだけだった」

「サンディエゴに行ったんですか」

「行った。令子——あなたの先生といっしょにね」

「先生も元軍人？」

「機関手だった。わたしが知るかぎり優秀だったわ。バンクーバー《V》軍事《M》大学《I》をいっしょに卒業した同期よ」

「なぜ機甲軍をやめてラムズへ？」

「原因は、サンディエゴで中隊とともに任務についていたときの戦闘ね。沖合からジョー《G》

ジ・ワ《W》シントン団攻撃にむけて上陸しようとする直前に、所属不明のメカに襲われた。彼女の乗機は行動不能になって味方の進路をふさぐ形で倒れてしまった。隊長機は進路を開くためにやむをえずそれを破壊したの。令子はぎりぎりで脱出できたけど、他のクルーは全員死亡。そして救出されたときには、ＧＷ団は防壁を突破して逃げていた」

「よく生き延びられましたね」

「山崗大佐に救われたのよ。ＵＳＪの多くの人にとってあの人は命の恩人」

山崗騰《のぼる》大佐。第二次サンディエゴ紛争における功労者であり、蜂起したＧＷ団を壊滅させた有名なアーバイン陥穽の提案者だ。前例がないほど巧妙かつ凄惨な作戦として知られている。

「令子はいまも当時の話をしない。関係者の話では、戦場でＧＷ団員に撃たれ、でも殺されずに拷問を受けたらしいわ。数日間それに耐えながら脱走の機会を探っていた。ようやく友軍部隊が彼女を発見し、救出しようと突入してきたけれども、彼らはＧＷ団が仕掛けた地雷で全滅した。彼女は囮《おとり》に使われたのよ。そして——」

そこにイジーが帰ってきた。大隊の同僚七人もいっしょだった。二人はモンゴルからの配置転換だという。髪を青く染めたべつの一人はオーウェルと名乗った。

「俺は北のファーゴ基地からの配転だ」

残りはＶＭＩ卒業後、まっすぐここに配置されている。バンクーバー組は乾杯した。

「長生きに。そして酒に」

イジーが仲間に言った。

「ここにいるマックはメカパイロット志望なんだ。いろいろ教えてやれ」僕を肘でつつい

て、「機甲軍の打ち明け話もな」

仲間たちは大笑いして乾杯した。そしてダラス都会や、ふられた女や、過密な軍事訓練についてよくある与太話をはじめた。

ファーゴの壁で勤務していたオーウェルが話した。

「ナチスはほんとに腹立つぜ。オペラを大音量でひと晩じゅうかけるんだ。俺たちへの明白ないやがらせさ。あいつら眠らないのかな。すくなくともここはテクサーカナから充分離れてるから、直接のいやがらせはないな」

「オーウェルはドイツ人が嫌いなのよ」と美菜子。

「信用できない。この店にも何人も来てる。ここは日本合衆国のはずだろう？　あいつら、俺たちのお辞儀を笑いやがるんだ。俺はナチスなんかに頭は下げないぞ」

僕はドイツ人の客を見まわした。そのなかで見覚えのある顔をみつけた。

「どうかしたの、マック？」

美菜子から訊かれた。僕は黒いドレスの金髪の女を指さした。

「知りあいがいるみたいなんです」

「声をかけてきたら」

美菜子に押し出された。

近づくにつれて自信がゆらいだ。光の加減がころころ変わるし、ダンサーにあいだをさえぎられる。ついにすぐそばまで行った。口紅をして髪を短くしているが、まちがいなくグリゼルダだ。僕は驚喜した。

「グリゼルダ！」

見まちがいでないことを声でも確認したくて呼んだ。

「なにか用？」

冷たい返事に驚いたが、僕だとわからないのだろうと気をとりなおした。

「僕だよ、マックだ」

グリゼルダはけげんな顔でじっと見た。

「マックなの？　見ちがえたわ」

すぐに顔をほころばせて、抱擁した。

「訓練のせいだよ。毎日走らされてる。早朝ランニングをまだやってるなら、今度はついていけるよ」

「きっとそうね。背も伸びた？」

いつのまにか彼女より高くなっているのに気づいた。

「どうしてこんなところにいるんだ？」

「テクサーカナに配属されたのよ。でもあそこは陰気で閑散としてて耐えられなくて、一年の予定でダラス都会に勉強に来てるの」

グリゼルダの肩ごしに遠くの美菜子が見えた。親指を立てて大きな笑みだ。

「なんの勉強？」

「ＵＳＪ史よ。短期間での皇国の発展ぶりには驚かされるわ。なにか飲む？」

「ああ、そうだね……。じつはアルコールって飲んだことがないんだ」僕は肩をすくめた。

「どうして？」

「たんにそういう機会がなくて」

グリゼルダは表情を輝かせた。

「じゃあ今夜ビール童貞を卒業させてあげる。でもここのビールは故郷のほどおいしくないのよね。アメリカにはかつて禁酒法があったって知ってる？」

「へえ」

「大昔よ。十年間ほど。アルコール摂取は非倫理的という理由で」

「へんな話だ」

「ほんとよ。それでも人々は酒を求めたから、違法に入手するしかなかった。だから酒を違法流通させるアメリカのヤクザがあらわれた。ビールをめぐって殺しあったのよ。そんな理由でよく死ねるわね」

「それほどうまいビールだったのかも」

　グリゼルダは笑った。

「死ぬほど飲みたいものはあるかもね。残念ながらここにはないけど。ねえ、ラムズにはいったのね」

「そうだ」

　この数カ月を手短に説明した。グリゼルダは熱心に聞いて、あれこれ質問した。

「いつかメカを操縦できると信じてる？」

　正直いってわからない。しかし前むきに答えた。

「もうしばらくがんばるよ」

「夢に挑戦してるのね」

「無駄な努力かもしれないと思うこともある。長い道のりだし、夢がかなう保証はないからね」

「総統だって保証のない道を進んで、ついにドイツの支配者になったのよ」グリゼルダは感動的な比較だと思っているようだが、僕にとって気分のいい比較ではなかった。「あきらめる人は嫌い。わたしの年配の親類たちは後悔ばかりしているわ。自分が不幸だからって、まわりの人まで暗い気持ちにさせてる」

「挑戦して失敗したという後悔？　それとも挑戦しなかったという後悔？」

「両方じゃないかしら。全力でやってだめだったらしかたない。あきらめがつくわ。ねえ、お腹すかない？」

「空腹だな」

「食べにいきましょうよ！」

「でもきみは……だれかといっしょに来てるんじゃないの？」

グリゼルダは渋面になった。

「そうだったんだけど、彼は機嫌が悪くて今夜はつきあってられない。いいのよ。最近お気にいりのレストランへ行って、それからなにか飲みにいきましょ」

グリゼルダは上着を取りにいった。

僕は美菜子とイジーに店を出ると告げにいった。二人とも意味ありげな笑みになった。

「お楽しみだな」

「そういうんじゃないです」

「最初はだれでもそう言う」

「深夜までには宿舎にもどります」

「門限はないからね」

美菜子はここが訓練キャンプではないことを思い出させてくれた。

グリゼルダは上着を持ってもどってきた。僕は彼女を機甲軍のみんなに紹介した。みんな温かく迎えてくれたが、オーウェルは例外だった。

「姐ちゃんはドイツ人か」

「ハーフよ」グリゼルダは笑顔で答えた。

「おまえ、なに考えてるんだ」オーウェルは僕に対して怒りだした。

「落ち着け、オーウェル」イジーがたしなめた。

しかしオーウェルはしかめ面で続けた。

「この国では多くの人間がナチスに殺されたんだぞ。やつらは自国民に対してもひどいことをしてる」

「それは皇国も変わらないと思いますけど」グリゼルダが反論した。

「姐ちゃんは黙ってろ」オーウェルは僕にむきなおった。「メカパイロットを志望しながら、ドイツ人とつるんでる。そんなのは両立しないぜ」

「グリゼルダはちがいます。高校時代の友人です」

「ナチはナチだ。まともな頭なら不名誉だとわかる」

「彼女は友人です。国籍は関係ない」僕は断言した。

「だったら機甲軍におまえの居場所はないぞ。ラムズにもな」

「あなたが決めることじゃない」

「俺が決める。そしてみんなにもこの話を伝える」

「やめろ、オーウェル！」イジーと美菜子が大声でさえぎった。

それでもオーウェルは続けた。

「俺はナチスが嫌いだ。見ただけで反吐が出る。おまえもやつらと毎日むきあってみろ。壁ぞいでやつらが囚人を拷問するようすを見てみろ」

反論しようとする僕の腕を、グリゼルダが抑えた。そして強い警告の口調でオーウェルに言った。

「主張はわかりましたから、もう黙ってください。わたしは外国人の立場なので自制しますが、同胞への中傷は看過できません」

「同胞かい。むしろナチスは癌細胞で――」

グリゼルダの横殴りのパンチで、オーウェルは床に倒れた。バンクーバー組がはじかれたように立ち上がり、グリゼルダをとりかこむ。

「黙れといったはずよ」グリゼルダは声を荒らげた。

そこへ数人のドイツ人が駆けつけ、グリゼルダに大丈夫かと声をかけた。これがオーウェルの仲間を刺激し、拳の応酬がはじまった。オーウェルが立ち上がって、「ヒトラーの頭に小便を――」と言いかけたが、その顔面をスツールが直撃した。

オーウェルの仲間の一人がグリゼルダにつっかかろうとしたので、僕は背後からつかまえて羽交い締めにした。そこをグリゼルダが殴ろうとしたが、男がひょいと頭を下げてよけたので、拳は僕の目に飛んできた。

「マック！　ごめんなさい」グリゼルダが叫ぶ。

右目が痛み、自分が床に倒れているのに気づいた。

「た……たぶん大丈夫」

僕はグリゼルダに助け起こされた。それをイジーが乱闘騒ぎの外へ押し出してくれた。

「おまえらは店を出ろ。早く！」

騒ぎが広がるなかで、出口を指さされた。

僕は右目が見えず、グリゼルダによりかかって移動した。一つ下のフロアは、〝デジタルの森のダンスステージ〟という名称で、闇のなかで数百個のネオンの光が空中を浮遊していた。フロアは鼻をつままれてもわからない真っ暗闇で、そこが演出の趣向だ。客は相手がだれかわからないまま踊っている。

グリゼルダは僕の手を引いてその人ごみを突っ切りはじめた。あちこちから見知らぬ手が伸びて体をさわられ、ダンスに誘われる。しかしグリゼルダはぐいぐいと引っぱっていく。

ようやく一階に下りたところで、だれかの大声が聞こえた。

「あの女だ！　騒ぎの原因だ」

二人の男が駆けてくるのが左目で見えた。グリゼルダは追ってきた先頭の男の股間を蹴り上げ、ウェイトレスのトレイから取った瓶で二人目の頭を殴った。二人とも床にのびて、僕らは出口にむかった。

「脱出の手際はたいしたものだな」僕は言った。

グリゼルダはべつのトレイからビールの小瓶をつかんで僕によこした。

「これを目にあてて」

瓶はよく冷えて湿っている。腫れはじめた右目に押しつけた。グリゼルダはウェイトレスにウィンクして、電卓経由で代金を支払った。

店を出てタクシーを拾った。

「どこへ?」

グリゼルダはシャツの埃を払った。

「食事よ、もちろん」

タクシーはレストランへ走った。車内でグリゼルダは喧嘩騒ぎの話ではなく、あえて食べものの話をした。

「母《ムッター》は茄子のビネガー料理が好きなの。茄子でいろんな料理をつくって毎回新しい味にするわ。父《ファーター》が好きなのはヴルートヴルスト、いわゆる血のソーセージ。そこにリンゴのソースをかけて、ニンニク味のマッシュポテトを添えたものね。去年両親がこっちへ来たときに臭豆腐《チョウドウフ》を勧めてみたの。父はおいしいと言ったけど、母はにおいが耐えられないって」

「僕も臭豆腐は苦手」

「おいしいのに！」

両親のことを思い出そうとしたが、記憶はぼやけている。

「両親の食事の好みとか憶えてたらな」

「思い出せない？」

「なにそれ？」

「母は抜絲地瓜《バースーディーグワ》が好きだった」

「サツマイモに飴をからめた料理だ。他にもいろいろあったけど、僕は酢のにおいがする料理が苦手だった。好きなのは甘いものだけ。とくに梨だね。でも自分では皮を剝けないから、母に剝いてもらうしかなかった。指の皮といっしょに食べたくないからね」

「もう剝けるようになった？」

僕は首を振った。

「皮ごと食べる。剝こうとすると指を切るから」

〈カニンガム〉というレストランに着いた。店内は異なる食事エリアに分かれ、それぞれが電卓娯楽の特定のテーマで演出されている。

タクシー代はグリゼルダが電卓で払った。僕は無一文だ。

「いろいろとごめん」僕は喧嘩のことで謝った。

「ラムズがお金ないのは知ってるから、おごるわ」

「いや……喧嘩になったことだよ」

グリゼルダはうなずいた。

「わかってる」軽く手を振って、「よくあることよ。ナチスがやったことは否定しない。非人道的で邪悪な行為よ。でもみんながそうじゃない。ああいう狂気の集団に権力をあたえるべきじゃなかったのよ。憎々しく思っている人々も多いわ」

「そうなのかい？」

「もちろん」

「なぜ声をあげないの？」

「独領アメリカの状況は変わりつつある。大多数にとってはしかたなかったのよ。アーリア人は卓越した人種という思想のなかで生まれ育ったから。変化はゆっくりだけど、野蛮な政策がいつまでも続くことはないわ。偽善は嫌いよ。ＵＳＪがサンディエゴで何人殺したか知ってる？」

去年の帝試で見た問題を思い出した。

「ごめんね、右目」グリゼルダは手を添えた。

「これからわたしたちの二国間が友好的でなくなったら、どうする？」

「たくさん、だ」

答えを迷っているうちに、女給がやってきた。

「陰陽師《おんみょうじ》の間にお席が空きました。どうぞこちらへ」

靴を脱いでスリッパに履きかえた。靴は下足番があずかり、食事が終わるまで片付けられる。

給仕たちは占者や術者の扮装をしていて、低頭して僕らを迎えた。その一人が僕に言った。

「魂の輝きが曇っておられます」

次にグリゼルダにむきなおった。

「行く手に衝突と混乱がございましょう」

「どうとでもとれる占いね」グリゼルダは席につきながら言った。

注文をまかせて、僕は手洗いに立った。鏡を見ると目はかなり腫れている。顔の片側がふくらんで飛び出しているようだ。彼女のさっきの問いを考えた。ナチスと戦争になったらどうするか。この友情は変化するだろうか。国の対立に引き裂かれるのか。考えただけで耐えがたく、頭痛がしてきた。目を洗って席にもどった。

陰陽師の一人が盆にのせた料理を運んできた。器には蓋がされているが、陰陽師が指で印を結んで日本語でなにか唱えると、はねるように蓋が飛んでいった。

料理がテーブルにおかれ、グリゼルダは拍手した。

「和牛に特製のパン粉と醬油をつけて、百八十度の油で三十秒揚げてあるのよ」切って断面を見る。「中心がピンクだから完璧ね。こっちの味噌汁は板長が毎朝つくる赤出汁よ。粉末の出汁ではなく、適量の鰹節でとってある。だから旨味のバランスがいいのよ。いただきます！」

牛肉はとても柔らかい。感想を尋ねられた僕は、「おいしい」と答えた。

鰹出汁の香り豊かな味噌汁は初めてだ。豆腐は口のなかでとろける。二人とも黙って料理を味わった。

そこへ陰陽師が二つのジョッキになみなみとつがれたビールを持ってきた。

「痩せた体に、乾杯！」グリゼルダは日本語で言った。

「乾杯《プロスト》！」僕も言ってジョッキをあわせた。

まず一口。苦くて好きになれない。しかしグリゼルダはもう半分近く飲んでいる。がまんして飲んだが、四分の一でストップした。

「どう？」

「おいしい……よ」

一口で酔うのかと思っていたが、すぐには影響ない。グリゼルダはもう飲みおえようとしている。

「プレッシャーかけるわけじゃないけど、どんどんいって」

ジョッキ二杯で限界だった。酔ってないつもりで立ったら、ふらついて倒れそうになった。グリゼルダが笑ってささえてくれた。

「地球がぐるぐるまわってる気がする」

「わたしも最初はそう思った。ビールのおかげで地球と一体化したって。でも実際はアルコールで血液が薄まって三半規管が混乱してるのよ」

「三半規管？」

「耳の奥の化学的バランスが狂って現実がゆがんで感じられてるってこと」

「なるほど」

よくわからないが納得することにした。グリゼルダは笑った。

「出ましょう。いいものを見せてあげる」

タクシーで次の目的地へむかった。一本の青い光が垂直に空を照らしているのが見える。

「あれは？」

「慰霊碑のライトアップよ。行ったことない？」

「いや。なんの慰霊碑？」

「旧ダラスと放射線遮蔽区」

「僕らがドイツと交戦したときのか」

「あなたたち、が彼らと交戦したのよ。寄ってみる？」

「今夜は慰霊の気分じゃないな」

「何千と並ぶ墓石を金曜の夜に見たくない？」

「楽しい気分にはなれないだろう」

グリゼルダは笑った。

「死者の霊に見られてると感じる？」

「死者には他にやるべきことがあるはずだ」

「たとえばなに？」

「この世にとどまらずに早く成仏するんだ」

タクシーが止まった。

「ここがUSJ最大の夜市よ」

まるで発光するキノコの栽培場のようだ。あちこちに出店や屋台が出て、数千人の客が掘り出し物を求めて歩いている。一部の女性客のミニ着物をグリゼルダがしめした。帯から上は伝統的な和服だが、裾が極端に短い。商人たちは古式銃の部品から蟬《セミ》や火取蛾《ヒトリガ》などの虫の死骸までなんでも売っている。蚊取り線香のにおいが漂っている。旧地下鉄駅を中心に屋台が広がっている。これほど大規模な夜市は見たことがない。

グリゼルダは駅の建築をしめした。

「このデザイン、プロの仕事にしてはひどいと思わない？　まるで細長いトイレよ。壁がぜんぶタイル張り。なかにはいるとおしっこしたくなっちゃう！」

いろいろな商品を見て歩いた。古いフェドーラ帽。空中に投げるとしばらく飛びつづける玩具。レトロゲーム。電卓ゲームの流通が機界だけで成立するようになる以前のカートリッジ型のゲームがあちこちで売られている。『バイオニック・コマンダー』もあった。機械の義足をつけた皇国陸軍兵士が、アメリカの過激派テロ組織の妨害をかわしながら、フランクリン・ルーズベルトの復活を阻止するというストーリーだ。

「これ、わたしも好きだったのよ。ルーズベルトを阻止できた？」グリゼルダが声をあげた。

「できたよ」

「バズーカ砲を撃つタイミングが重要なのよね。コクピットに到達したところで撃たないと、墜落して死んじゃう」

その終盤の展開はよく憶えている。値段を見ると驚くほど高い。この時代のレトロゲームは、最近の電卓チャンネルでよく取り上げられる（たいていけなされるとはいえ）ので、価格が高騰気味なのだ。

「マック、血液型はなに？」急に訊かれた。

「さあ、調べたことない」

「きっとB型よ」

「B型だとなに？」

「独立志向があって、わが道を行くタイプ。柔軟性があって、孤独を恐れない」

「きみは？」

「AB型」

「それはなにをあらわすの？」

「夢想家でプライベートな生活を大事にする。そして強い精神を持っている」

「ABのほうがいいな」

「自分では選べないのよ。でも、かかりやすい病気や太りやすい食べものがわかる。総統はA型で、菜食主義の食事は適切だったのよ」

「待って。血液型のちがいで体も変わるのかい？」

「あたりまえよ。生理機能全体にかかわるんだから。それと環境との作用によって、どんな人物になるかがおおまかにわかる。どんな相手と相性がいいかもね」

「B型と相性がいいのは何型？」

「ABよ」グリゼルダはにっこり笑った。「さあ、あっちへ行きましょう」

料理の屋台に近づくとおいしそうなにおいが漂ってきた。豚バラ肉のタコスを出す店のまえでは、満腹のはずなのに腹が鳴った。

「つまんでみたいものがたくさんあるわ。次の休暇はいつ？」

「入社数カ月で今回が初めての休暇なんだ。次はいつになるか」

「牛みたいにいくつも胃があればよかったわね」

ハンバーガーとシラチャー・ソース味のフライドポテトのにおいがたまらない。

「本当に」

歩くうちに、二棟のアパートメントのまえに来た。

「わたしの部屋はここ」グリゼルダが言った。住まいまで来るつもりでなかった僕は驚いた。「はいる？」

誘われてまた驚いた。

「そ……そうだね」

エレベータで十一階まで上がった。部屋はワンルーム。ドイツ語のプロパガンダのポスターがべたべた貼ってある想像とはちがって、殺風景な室内だった。家具は部屋についているものだろう。

「電卓を出して」

取り出して渡すと、グリゼルダは自分のといっしょに金属製の箱にいれてロックした。

「それは電波暗箱?」

グリゼルダはうなずいた。

「盗聴はごめんよ。ワイン飲む?」

「もらおうかな」

赤ワインの瓶を出して二つのグラスに注いだ。一口飲んだが、僕には強すぎる。グリゼルダはべつの電卓を棚の上において、壁に画面を投影した。チャンネルを切り替えていく。

ある宗派の僧侶が話しているチャンネルになった。

「大きな負債を抱えた女性がいました。信仰以外にほとんどなにも持ちません。それでも神への十分の一税として、わずかな持ち物から一割を差し出しました。すると精霊の祝福により、五年で負債を完済できました。信徒のみなさん、このように真心からの寄進が重要なのです。見返りを求めず、神からの借りを返すつもりで寄進するのです」

「この僧侶たちはわたしたちより金持ちなのよ」グリゼルダは言った。

「ドイツではどんな宗教が信じられている?」

「公式には無宗教。でもヴェヴェルスブルクには故ヒムラーが移転させたバチカンがあるわ。ケルトの儀式も頻繁におこなわれてる。ただし信徒は親衛隊《SS》ばかり。皇国がキリスト教の神を神道の八百万神《やおよろずのかみ》に合祀したのは英断だと思うわ」

「ジョージ・ワシントン団は不満だったようだけど」

「GW団はNARAさえ敵視している。NARAはキリスト再臨を信じず、またイラー・マレクが神の娘であることを否定するからといって。信者はイエスが実在すると思っている。現実政治主義者は、宗教はまやかしで、アメリカは再興するし、世界はありのままに受けいれるべきだと主張している。いろんな宗派が対立して覇権を争っているわ」

宗派間のイデオロギー的なちがいは僕にはよくわからない。

「きみ自身は？」

「十歳のときに少女団《ユングメーデル》にはいってた」

「なにそれ」

「ナチ党の下部組織よ。入団時に総統への忠誠を誓わせられるの」

「その誓い、まだ憶えてる？」

グリゼルダはうなずいた。

「〝総統の象徴であるこのハーケンクロイツ旗に誓います。すべての精神力と体力を救国者アドルフ・ヒトラー閣下に捧げます。その任務が達成されるためにこの命を捨てる用意と意志があります。神のご加護のあらんことを〟」

言いおえると、ワインを飲みほし、もう一杯ついだ。

僕は自分のグラスから飲んで、この友情について考えた。もしもっと深い関係になったらどうだろう。アルコールで頭がおかしくなっているようだ。彼女が応じるとは思えない。グリゼルダは才気煥発でとても強い人間だ。オーウェルから言われたことを思い出して、ますます腹が立った。

「父が昔つくった電卓映画をたまたま見たのよ」

グリゼルダが言って、僕の思考は中断された。

「どんな映画？」

「メディアに支配された世界よ。あらゆることが見出しになり、そのせいで現実と架空の区別がつかない」

「おもしろい？」

「愉快で奇妙な話。ようするにメディアの検閲は第三帝国が健全であるために有益というメッセージね」

僕は笑った。

「こっちにもそういう映画はたくさんあるよ。きみのお父さんは何本も映画を撮ってるの？」

グリゼルダは首を振った。

「偉い人を怒らせて難しい立場になり、独領アメリカの東海岸に送られたのよ。いまは命じられて自然映画を撮ってるわ」

「自然映画？」

「動物の繁殖行動を記録するの」

僕はグリゼルダの目を見たが、まじめな顔だ。しかしすぐに吹き出した。

「いまは笑い話ね。でも当時の父はかなり怒ってた」

ボトル一本飲んでしまった。頭がふらつくので、彼女のソファに横になった。グリゼルダは隣に来て体を寄せた。僕の頬に指をはわせながら言う。

「卒業後にわたしのことを考えた？」

「考えたよ。寮室のまえで会ったときのことを憶えてる？」

「いつのこと？」

「秀記の……事件のあと」

「ええ」

「きみはさよならと言った」

「日本語の別れの挨拶でしょう？」

「その意味では〝じゃあね〟もおなじだけど、〝さよなら〟は最後の別れの意味が強いんだ。とうぶん会わないつもりの相手に言う。さよならと言われて、もう会えないのかと思った。また会えてよかったよ」

返事はなかった。見ると眠っている。僕は腕をまわしてグリゼルダを見ながら、ずっとこうしていたいと思った。彼女が快適な姿勢でいられるようにしながら、ソファの柔らかいところに頭をのせて眠った。

翌朝目を覚ますと、グリゼルダはすでに制服姿だった。鉤十字の赤い腕章が二人をへだてる障壁に見える。

「気分はどう？」

「ひどい頭痛がする」

頭が鉄球になって地面に落ちそうだ。

「二日酔いよ。たくさん水を飲んで、なにか食べて」

「どこ行くの？」

「授業よ。会えてよかったわ。でも、ここへ連れてきたのはまちがいだったかも」

「どうして？」

「あの仲間の兵士がきっと誤解するわ」

「どうでもいいさ」

「よくない」

「また……会えるかな」

「電卓の番号は変わってない。ドアは自動でロックされるから、出るときに閉めるだけでいいわ」僕の頬にキスして、「じゃあね」

手を振り、出ていった。

人目につかないように宿舎の部屋にもどって、午後の大半を眠ってすごした。眠りが浅く、汗ばかりかいて、目覚めても疲れがとれた気がしなかった。

起きたらグリゼルダがいればいいのにと、頭のどこかで思っていた。もちろんいない。連絡が来ていないかと電卓を開いたが、それもない。グリゼルダとBEMAからのメッセージを期待して頻繁に更新した。勉強しようとしても頭に霞《かすみ》がかかった感じだ。窓を開け、夜の空気を吸った。

BEMAが流している候補生のメカ競技会の公式映像を電卓で見た。毎年のように見ている。範子と他の候補生の試合に興奮した。範子はあっというまに相手を倒した。

ドアにノックが聞こえた。笑顔の美菜子だ。

「いい子みたいだったわね。昨晩はいっしょに?」

僕はうなずいた。

「電卓番組を見てるうちに寝ちゃいました」

「あやしいわ」

「なにもしてないってば!」

「有罪の男はそう言うのよ。ねえ、いいものを見せてあげるわ」

「なんですか？」

「いいから来て」

やはり勉強はできないようだと思いながらついていった。

行き先は二階下のトレーニング室兼武道場。先客が五人いると気づいたときには遅かった。剣道の竹刀で強く打たれてよろめき、板張りの床に膝をついた。さらに三人に背中を打たれた。美菜子のほうを見ると、申しわけなさそうに目をそらしている。

近づいてきたのはオーウェル。昨晩の短気な兵士だ。

「俺たちを裏切ってナチに走ったな」怒気をはらんだ声とともに、頬の上に肘打ちを受けた。目の傷からまた出血しはじめた。「皇国に奉仕したいと言いながら、正しい忠誠心も知らない。おまえのようなやつが機甲軍にはいれると思うな」

「ドイツは同盟国です」僕は指摘した。

「名ばかりだ。攻撃の機会を狙ってる。手を出してこないのは、こちらのメカにかなわないからだ。そこで色仕掛けで皇国にそむくやつを探してる。おまえのようなやつをな。あのナチスの友だちが潔白だと思うのか？　そもそもなにしにUSJに来てるんだ？」

悪意に満ちた推測に腹が立った。

「高校時代からの友人ですよ」

「友人？」嘲笑的に鼻を鳴らす。「その友人とやらは、いまどこにいる？」

僕は口をつぐんだ。

「あの女は俺を人前で侮辱した。おまえの選択肢は二つの一つだ。母国に忠実に生きるか、国賊としてナチスに走るか」

「そんな単純な話じゃない」

「単純な話さ」

オーウェルの手になにかが渡された。先端が鉤十字の形になった焼きごてのようだ。

「ちょっと、それはやめなさいよ！」美菜子が叫んだ。

「顔は勘弁してやる。しかしどんな女もおまえの本心が見えるように、焼き印を押してやる」

焼きごては自動的に赤熱した。僕はシャツを脱がされた。

「女の住所を話せ。そうしたら大目に見てやる」

「美菜子、やめさせてください」僕は懇願した。

しかし彼女はうつむき、つらそうな顔で言った。

「ごめんなさい」

オーウェルが説明した。

「医務員さんには事情があるんだよ。ボーイフレンドを守るためにおまえを犠牲にする。

彼が敵国とのあいだでやった違法な取り引きを憲兵に通報されないようにな」

美菜子はにらんだが、オーウェルは無視した。

「住所は知りません。部屋にも行ってない――」僕は言った。

「五つかぞえるうちに住所を吐かなかったら……」

オーウェルは歯を鳴らした。仲間の二人が僕の腕を押さえた。「五……」

「や……やめてください」もがいて懇願した。「彼女の行動は謝ります。だから――」

「四……三」

「それはやめてください。お願い――」

「二……一」

腹の上に激痛が起きた。高校時代のメカの戦闘で右腕を火傷したときより強烈だ。痛みは数秒間続いた。僕は叫びたかったが、こらえた。苦痛を認めたくない。弱さを見せないように歯を食いしばって耐えた。

焼きごてが離れると、解放されて床に倒れこんだ。その首をオーウェルが靴底で踏んだ。

「情けない野郎だ、ナチス支持者め」

飛んできた唾がうなじに落ち、僕はびくりとした。唾液は背中へ流れていく。

さらに二人が去りぎわに唾をかけていった。焼き印の痛みよりその侮辱的行為がきつかった。

美菜子は彼らが去ったあとも残り、泣いていた。

「本当にごめんなさい。わたし――」

他にしかたなかったのだろうと思おうとした。手当てしてくれようとしたが、僕は拒否した。

「そのままだとひと晩じゅう痛むわよ」

それでもいい。話したくなかった。彼女も、その仲間も憎い。グリゼルダを裏切らずにすんだのがせめてもの救いだ。

頑固に口を閉ざす僕をあきらめて、美菜子は去った。しばらくして僕も立ち上がり、部屋へもどった。

熱いシャワーを浴びて背中を洗った。腹のすこし横の皮膚が真っ赤な鉤十字の形に焼けている。シャワーから出て体を拭き、ベッドに横たわった。気持ちがおさまらない。眠ろうにも眠れない。爆発しそうだった。なんとか仕返しする方法はないか。オーウェルの侮辱を思い出すと腹が煮えくりかえった。

この焼き印はどうしよう。赤い大きな火傷痕になっているし、このままだといろんな問題になりそうだ。数時間後には訓練キャンプにもどらなくてはいけない。

眠れないので、メカの教科書を読もうとした。しかし文字が頭にはいってこない。部屋を出てタクシーをつかまえた。

午前四時。グリゼルダは眠っているだろう。申しわけないと思いながら、ドアをノックした。のぞき穴からこちらを見たグリゼルダは、僕だと気づいた。

「マックなの？」

ドアが開いた。

「夜分にごめん。他に行くところがなくて。それに昨晩の連中が……あいつら……」

涙が出そうになるのをこらえ、怒りを押さえつけた。

グリゼルダは僕を部屋にいれて抱き締めた。その手が腹に触れ、僕は身をすくめた。

「なにかされたの？」

「そのうち治るよ。あいつら、きみを探してるんだ」

「自分の身は守れる。それよりあなたはなにを？」

「なんでもない」

グリゼルダは納得せず、また僕の腹にふれた。激痛が走る。止めるまもなくシャツを引き上げられ、鉤十字があらわになった。

「これをやられたの？」怒気をはらんだ声で言う。

僕は黙った。

「わたしのせいで？」

「ちがう。あいつらは卑怯者だから――」

グリゼルダの顔が冷たい怒りにゆがんでいる。

「やり返さないと」

「やり返したくても、もう時間がない。三時間後には帰りのバスに乗らなくてはいけないんだ」

グリゼルダは焼き印を見た。

「消す方法があるはずよ」

「なんとかする」

彼女の目に涙が浮かぶのを見て、驚いた。

「ごめんなさい」

それを聞いて困惑した。

「きみは悪くない」

「第三帝国内のアジア人がどんな境遇か知ってる？」

「話には聞いてるけど」

「わたしのような混血はもっとひどいわ。どちらからも受けいれてもらえない。忠誠心はどちらの側にあるのかといつも問われる。あなたの場合は居場所がＵＳＪにある。わたしは、どこが母国なのか自分でもよくわからないのよ」

たしかにUSJはつねに僕の〝母国〟だ。だから、自分の居場所がわからないという彼女に驚いた。

グリゼルダは続けた。

「母は兵士としてファーゴの壁のそばで勤務していたの。そして勤務中に沈黙線内でテントを張っている民間人を発見した。射殺しろという命令を、母は拒否した。民間人の半分がアジア系だったからだと思う。母はなにも話さないけど」

「どうなったの？」

「母は逮捕され、〝背信〟の記憶を消すために再教育された。ようやく帰ってきたときには、まるで別人になっていたわ。娘のわたしのことさえしばらく思い出せないようだった。なにか質問すると、突然ヒトラーの『わが闘争』を引用して、総統への愛を大声で語りだしたわ」

グリゼルダはふたたび僕のシャツを上げて、鉤十字に手を触れ、唇を嚙んだ。

「わたしたちは本音を話せない。みんなそうよ。でも、すべてのドイツ人がおなじことを信じているとは思わないで」

「そんなこと思わないよ」

グリゼルダは息をついて、また焼き印を見た。

「人々がこんなに憎みあわなければいいのに。どうしてこんな生きにくい世界なのかしら」

「人間の本質なのかも」

「あなただったらおなじことを彼らにやる？」

「いまだったら、うん、もっとひどいことをやる」

グリゼルダは弱々しい笑みを浮かべた。

「わたしだったら焼き殺してやるわ」

毒気に満ちた声に驚いた。

「そういう手もあるね」

いったん落ち着くためにグリゼルダは訊いた。

「お茶でも飲む？」

「もらうよ」

やかんを火にかけた。

彼女と別れたくなかった。しかし帰るべき時間が迫っている。もどりたくない。

「マック」

「なんだい」

「すこし寝たら」

「眠れないよ」

　グリゼルダはうなずいた。

「イルカは脳を半分ずつ眠らせるのよ。もう半分の脳は呼吸を維持し、生存するために目覚めている」

「明日はそうやって訓練をこなすよ」

「わたしもそうしたいわ。ところで、『キャット・オデッセイ』のアップデートが配信されたのよ。興味深い新要素があるの。試してみない？」

5

帰りのバスに乗ると、疲労が一気に襲ってきた。車内では右脳も左脳もぐっすり眠った。

訓練キャンプに帰ると、みんな柔道の練習をしていた。先生は気を使って、復帰まで四日間はランニングのみにしてくれた。ただし後半の二日間は重いバックパックをかつがされた。緩和剤が効いて、最終日には腕はすっかりもとどおりになった。

訓練はいつもどおり苦行だ。しかしグリゼルダのことを考えると日々を耐えていけた。訓練の連続で頭のなかは空白になり、オーウェルとその仲間への怒りはどこかに消えた。

週の終わりにボディアーマーが配布された。

レンが信じられないという顔で訊いた。

「これ、つけるんですか？」

「見せるだけだとでも思ってるのか？」

先生は怒った声で応じた。普通ならランニングを命じられるところだ。

ボディアーマーの合計重量は、ランニングで背負わされてきたバックパックの重さとおなじだ。これまでの苦しい訓練の意味がようやくわかった。訓練生は二十七人になっていた。千衛子が残っているのは当然として、レンががんばっているのはうれしかった。

みんなからスパイダーと呼ばれている年長の訓練生もいた。あだ名の由来は腕全体にいれた蜘蛛の刺青だ。僕は見るとぞっとするし、好きではない。スパイダーはオーストラリア出身で三十二歳。訓練生では最年長だ。強健でどんな訓練にもめげず、つねに集団を引っぱる。

千衛子がそんなスパイダーに訊いた。

「おっさん、なんでここに来たんだ？」

「もとは対潜艦〈白熊〉に乗務して北極海でUボート哨戒任務についてたんだ。極寒で暖房もろくに効かないところで毎日通信文を打ってたら、反復性過労障害というのになっちまった。ようは、おなじ動作のくりかえしで神経がいかれたんだ。兵士として役に立たないから除隊になった。ところが民間の生活はもっと耐えられなかった。会社勤めなんかをよく何十年もできるよな。俺はメルボルンで交通渋滞を電卓で監視する仕事につかされた。上司は五歳年下で、俺たちを顎で使った。そいつが居丈高に怒鳴りはじめたときに、つい手が出ちまった。そしてＵＳＪに流れ着いたわけだ」

「だからラムズに？」

スパイダーは腕を曲げ伸ばししてみせた。

「手の具合もよくなったしな」

ランニングでたいてい先頭を走るスパイダーは、この日も例外ではなかった。ボディアーマーをつけて走ると、なかは簡易サウナのようになる。重い装甲パネルが暑さでますます重く感じられる。みんな気が短くなって、ささいなことでののしりあう。十五粁《キロ》走でだれかが遅れると、先生は罰として、「あと三粁《キロ》！」と怒鳴る。遅れたやつがついていけないと、「もう一本！」だ。

ある日のそれは詩人と呼ばれる訓練生だった。いつも即興の詩をひねるのでこの名があった。ランニングでたびたび遅れ、そのたびに全員が十粁《キロ》追加で走らされた。

「今度遅れたらUSJの名においてぶち殺す」

千衛子が怒った。みんなおなじ気持ちだった。

詩人は申しわけなさそうだったが、そもそも食あたりで腹の調子が悪かった。そしてとうとうがまんできずにズボンのなかに便を漏らした。そうしたら腹痛がおさまってペースが上がり、ついてこられるようになった。

「このにおいはなんだ？」

先生は整列した訓練生を詰問した。詩人の答えは詩的ではなかったが、結末の盛り上がりはまさしく詩的だった。

早暁の鈍い地響きに目を覚まさせられた。軽量メカの歩行音だとすぐにわかった。ラムズが警備任務に使う六脚メカ、蟹級《クラブ》だ。五人乗り。それが五機、キャンプに配置された。当初数日間は搭乗を許可されなかった。しかしそびえるその姿は訓練生を鼓舞した。その週はだれも日課を怠けず、全力で訓練をこなした。

僕は暇さえあればこの蟹メカを見上げた。二脚型ほど詳細な仕様を知らないが、基本は大型戦車で、履帯のかわりに六脚で移動する。脚は停止状態でたたまれている。肩関節はスカート状の可動装甲板でおおわれ、そこから長節、前節、指節が蟹とおなじように伸びる。ハサミのかわりに一二〇粍《ミリ》砲をそなえ、互換性のある兵装と換装もできる。機体両側にミサイルランチャー。副砲塔も二カ所。蟹のような甲羅の棘のかわりに自衛の武器があるわけだ。乗員は上面の展望塔のハッチから出入りする。移動を容易にするために脚の先端に脱着式の車輪がつく。ミサイルランチャーの上に円形の開口部があるが、その奥には試験中の熱線砲《ヒートガン》があるはずだ。レーザーを集中させて対象を溶かすもので、出力は不明。しかし高品質の代名詞である網谷《あみたに》社のロゴがある。この機体は砂漠用迷彩になっているが、塗装は仕向地ごとに変わるはずだ。

訓練生には社用電卓が配られ、訓練教本の熟読を求められた。教本には蟹メカの基本操縦を学べるシミュレーションがはいっている。電卓で毎日二時間練習して実技訓練にそなえた。操縦桿を動かすと、それにしたがって後部の四本の歩脚が動く。個別の操作もできるが、九十九パーセントの状況は自動運動制御で問題ないとされる。

「だったらなぜ脚を個別に動かす方法を勉強するんですか？」レンが先生に尋ねた。

「実際の戦闘は、ミサイルのあたりどころが悪くて自動制御をやられたという一パーセントの状況が勝敗を分けるからだ。くだらない質問をした罰として全員十五粁《キロ》走れ！」

レンに腹を立ててもいいところだが、全員ランニングの原因をつくることはだれでもある。むしろいいかげんにしてほしいのは毎度強烈な日差しだ。天照大神《あまてらすおおみかみ》もたまには岩戸で休憩してほしい。

初歩練習を一週間やったあとは、各職種を順番に学んだ。ある日はパイロット、翌日はナビゲータ、次は通信手という具合だ。装塡手が気をつけるのは砲身の過熱だが、自動調節機構があるのでめったに起きない。兵装は換装できるので、出撃前の偵察報告にもとづいて最適な兵装を選ぶのがおもな仕事になる。機関手はもっとも難しい職種で苦労した。

それでもまだシミュレーションだった。ようやく実際に蟹メカに搭乗しても、すぐに操縦させてもらえるわけではない。先生の助手である訓練教官の操縦を見学するだけだ。

外見から想像するよりブリッジは広かった。それでもスパイダーは「狭苦しい」と不満げだ。蟹メカが起動すると、まず折りたたんだ脚を伸ばし、胴体を持ち上げる。ブリッジは専用の安定装置《スタビライザー》にささえられ、脚が動いても水平をたもつ。訓練教官が速度を上げると、意外な軽快さに驚かされた。ゴキブリの走り方に近い。機動性も高く、急旋回や不整地の横断はお手のものだ。

計器類はあくまで非常用だ。実際には全員がかけるゴーグル内の電卓ディスプレーにオーバーレイ表示される。そのむこうには外部センサーが取得した視界が広がる。のぞき窓のような開口は不要で、おかげで敵の砲弾が貫通する危険は少ない。非常用として展望鏡を追加装備することもできる。

「優秀な偵察情報をあたえられた優秀なパイロットなら、単機で戦車大隊を全滅させられる。そういう事例はアフガニスタンで二度、沈黙線で一度ある」先生は話した。

シミュレーション試験を反復するのは、各訓練生の操縦適性を先生と訓練教官らが見きわめようとしているからだと僕は推測していた。そして週の終わりに五人ずつの班に分けられた。僕の班にはスパイダー、レン、そして花札勝負師の牡丹がいた。最後の一人はオリンピアだ。モンゴル系の彼女とはあまり話したことがないが、足が速いので先生からそのニックネームで呼ばれていた。

「クリーム!」

先生に呼ばれた。パイロットが希望だが、ナビゲータでも満足だ。装塡手でもかまわない。

「通信手」

通信手？　命令を聞いて伝達するだけの仕事だ。半端者のポジション。はっきりいってだれでもできる。

「不服か、クリーム？」

「通信手になるためにRAMDETにはいったのではありません」

「不服なら去れ」

千衛子とスパイダーはパイロットに選ばれた。レンとオリンピアはうちの蟹メカの装塡手だ。前後左右の砲塔を必要に応じて操作する。オリンピアは機関手を兼任する。牡丹はナビゲータとしてセンサーで地形を調べる。僕は通信を担当し、必要に応じて全員を補佐する。

不機嫌なまま機内にはいって席についた。メッセージを調べるが、なにもない。

スパイダーがそんな僕を見て笑った。

「なんだよ」浮かれた態度がしゃくにさわった。

「班のパイロットが負傷したり、なんらかの理由で出撃できないときは、どうなると思う？」

「……さあ」

「だれかが交代しなくちゃならない。ナビゲータや装塡手は重要な持ち場なのではずれるわけにいかない。だから通信手が操縦席にすわるんだよ。俺が操縦するかぎりそんな機会はないはずだが、とにかくそういう立場だから、腐るな」

「心がけるよ」

「パイロットの座を勝ち取るには、技量より政治力だ。高級将校に気にいられたら、最高の技量の持ち主より先に選ばれる見込みがある。チャンスを求めるならこの業界《ビジネス》のそういう面も学べ」

「これは商売《ビジネス》じゃない。僕らは兵士だ」

「俺たちは兵士じゃない。体裁のいい警備員だ。幻想を壊して悪いが、現実的になれ」

スパイダーは優秀なパイロットだった。操縦の勘がよく、蟹メカは最初の数歩からとても安定していた。キャンプから数粁《キロ》のところに障害物コースがもうけられている。最大の障害は市街地で、無人の住宅が計五十棟並んでいる。大半は外壁だけの張りぼてで簡単に壊れるが、壊さず通過するのが目標だ。

蟹メカは小型のブラドリウム粒子生成炉《BPG》を動力源とする。また多くのメカと同様に装甲の下に太陽電池パネルを隠しており、非常時に使うようになっている。

僕は届かないメッセージを待って通信席ですわっているだけだ。やる気は夜のためにとっておいた。夜間の蟹メカは訓練生の自主練のために解放されている。僕はその機会を最大限に活用した。

スパイダーは僕の指導役を引き受けてくれた。

「操作系の重さは慣れが必要だ。感度は調整できる。軽くて楽なほうがいいという者もいるが、俺はすこし手応えのあるほうがいい」

僕は操縦席についた。座席は各部を調節可能で、どの方向にも回転できる。非常時にはそのまま脱出ポッドになる。ゴーグルを装着し、グローブとブーツをつけた。サイズがきついが、着席と同時に体形にあわせて変形してくれる。ゴーグルはメカ外部から取得した視覚データを投影し、ブリッジの壁は消える。空中に浮かんでいるようだ。大型の二脚メカにくらべるとインターフェースは単純化されている。操縦方法はステアリングホイール型、戦車型、方向パッド型から好みで選べる。僕は矢印キーで動かすパッド型を選んだ。

「まず二、三歩前進させてみろ。両手を前に出すだけでいい」スパイダーが教えてくれた。

実際にやると、蟹メカが歩いた。アクセルを操作すると加速する。グローブを動かしたほうへ脚が進む。両手を左へやれば左へ転針する。障害物はセンサーが感知して自動的に避ける。

「視覚をあてにするな。熟練者は地理位置サービス《GLS》を頼りにする。いくら目がよくても、ブリッジからでは距離や大きさの目測を誤る。それは死に直結する。あるいは民間人の財産を毀《き》損《そん》する。ラムズに損害賠償金を払わせるやつはたちまち馘だ」

ＧＬＳは周囲の地形を３Ｄマップにして一人称視点でインタラクティブに投影する。完壁ではなく、ナビゲータの補助で最適なコースを設定する必要があるが、リアルタイムで視点を変えられるので土地のレイアウトを判断する手段としてはもっとも正確だ。GLSを実景に重ねるオプションもある。ずれはカメラに伝達される。焦点距離と絞りを手動で変えることもできるが、通常は自動調節が一番うまくいく(その場合はカメラのメタデータが自動的に使われる)。

建物のあいだで何度か動いてみた。肘で操作する前節と指節の独立制御も試した。脚の長さを調節すると加減速できる。神経インターフェースはシミュレーションとおなじだ。シミュレーションとのちがいは抵抗を感じることと、急激な旋回で頭が振られることだ。ブリッジのスタビライザーはよく機能し、機体の大きな揺れを吸収して水平を維持する。四十五度の傾斜を登っているときもブリッジの床は水平だ。ただしアクセルを踏みこんで巨大な蟹が六本脚で走るときの加速Gまでは消せない。

二時間後にべつの操作を試そうとすると、スパイダーが言った。

「今夜は終われ」

「まだ疲れてないよ」

「こういうのは短距離走ではなくマラソンだ。ペースを抑えろ」

たしかにそうだ。集中力を持続して、操作系を動かしつづけるのは疲れる。訓練であれだけ鍛えた腕や脚もすでに疲労していた。

スパイダーは僕を残して降りていった。助言に反して僕は夜明けまで練習を続けた。

レースがおこなわれた。五機の蟹メカが訓練場のスタートラインに並んだ。ゴールは十二粁《キロ》先だ。

搭乗前に先生が言った。

「敗者は三十粁《キロ》走。隣のメカに接触したら即失格だ」

「だれが勝つと思う？」レンが牡丹に尋ねた。

「千衛子だね。賭けるかい」

レンとオリンピアと僕は「スパイダー」と賭けた。

「将来の給料で払ってもらうよ」牡丹は約束させた。

「絶対負けるな」レンはスパイダーにけしかけた。

「俺だったら千衛子に一万圓賭けるな」スパイダーは冗談で返した。

「弱気になるなよ！」

先生がスタートの合図をした。スパイダーは両手を前に出し、蟹メカを加速させた。しかし千衛子が早くも先行している。スパイダーはアクセルを踏みこみ、装甲板を跳ね上げ、脚の長さを個別に調節して追走した。それでも千衛子との差は埋まらず、他の四機はおいていかれる。スパイダーは悪態をついてアクセルをさらに踏みこみ、手の動きを早めた。すこしだけ差が縮まった。

「BPGが過熱してるよ。このままだと――」牡丹が警告した。

スパイダーはエンジンを停めた。はるか前方で千衛子が勝った。

「どうしてあんなに速いんだ」レンが首をひねった。

スパイダーは憮然としている。

「わからん」牡丹のほうを見て、「おまえ、なにか知ってるのか？」

牡丹は勝者のおどけた笑みで肩をすくめた。

「なんにも」

「あいつが勝つとなぜわかった？」

「勝負勘さ」

地上で集合すると、先生は千衛子を祝福し、他の班は三十粁《キロ》走らされた。スパイダーは腕を揉んでいる。

ランニングのあとでみんなが千衛子をかこんだ。

「なぜ飛び抜けて速かったんだ？」

「脚を個別に手動制御した。ブースターも使った」

「どこでそんなやり方を？」

「シミュレーションだよ」

「俺たちにも教えてくれ」

「いいぜ」

スパイダーはその集団にいなかった。興味があるのではと探しにいくと、宿舎の寝台に引っこんでいた。両手に氷嚢を巻いている。

「大丈夫かい？」

スパイダーはあわてて氷嚢を隠そうとした。しかし僕だと気づいて落ち着いた。

「大丈夫だ。もう昔ほど手が動かねえんだ」両手を広げ、指を曲げてみせた。「肉体には限界がある。それを超えて酷使するとだめになる。おまえは若くて勉強熱心で、熱くなるタイプだ。しかしな、年くったメカパイロットが少ないのは理由があるんだ。健康に気をつけろ。他人は気をつけてくれないからな」


蟹メカの狭いブリッジに八人が無理やり乗りこんだ。千衛子は自分の操縦法を簡単に披露してくれた。歩脚の逆運動学装置のマニュアル制御を切って、それぞれ直接操縦する。グローブを使った単純な操縦法とちがってかなり複雑だ。正回転と逆回転の操作をくりかえし、ブースターで距離と速度を稼ぐ。想像以上に難しそうだ。それでも速度面では利点がある。自動操縦にない最適化ができるからだ。

僕にとって意外だったのは、『キャット・オデッセイ』の操縦法にとても似ていることだ。それを指摘すると、みんなはあきれた声を出した。

「電卓ゲームとメカ操縦をいっしょにするなよ」

「まったくおなじとは言ってない。似てると指摘してるだけさ」

千衛子が僕に言った。

「そのとおりだ。あたしも『キャット・オデッセイ』をしょっちゅうプレイしてた。エスケープモードでね。だからこの操縦法に気づいたんだ」

みんな驚きの声を漏らした。

僕は説明した。

「『オデッセイ』の操作系を設計したローグ199は、メカのインターフェース設計もやってるから不思議じゃない」

正確に一致するわけではないが類似している。軍事科と演習研究科が近い関係にあることからも理にかなっている。電卓ゲームは大衆に兵器の使い方を知らず知らずに体得させる手段なのだ。

「きみが『キャット・オデッセイ』をやっていたとは知らなかったよ」僕は言った。

「昔のボーイフレンドといっしょにプレイしてたんだ。でも彼は下手で、それが原因で別れちまった」

「これから空き時間に『キャット・オデッセイ』を練習しよう」レンが急に言いだした。

みんな笑った。

それから二週間、僕は千衛子の操縦法を練習した。蟹メカは機動性が持ち味だ。戦車に対する強みはそこにある。戦車は方向転換を苦手とする。蟹メカは一方向への全力疾走から、百八十度反対方向への進行に即座に切り替えられる。リバーシブルジョイントのおかげで歩脚のむきを簡単に変えられるからだ。

ある晩の自主練でスパイダーが教えてくれた。

「この180《ワンエイティ》という技はコツが必要だ。下手なパイロットは減速してから後進に切り替える。しかしそれだとエネルギーと時間を失う。手本を見せてやる」

スパイダーはメカをある建物に突進させた。ぶつかると思った瞬間、操作系をすばやく腕で動かし、滑らかに反対方向へ転針した。歩脚の曲がり方がいまは反対に変わっている。ブリッジのむきは変わっていないが、ゴーグルの視野はブリッジとは無関係に進行方向をむく。やがて胴体そのものが回転して、いつのまにか進行方向にそろっている。

「どうやったんだい？」

「予測とタイミングだ。逆運動学装置を適切なタイミングで操作する。最初はゆっくりやってみろ」

蟹メカをまず前進させ、後進に切り替えた。ところが期待したような滑らかな切り替えにはならなかった。機体は勢いを失い、歩脚の関節が引っかかって止まってしまった。自動姿勢制御がなければ転倒していただろう。

　スパイダーは笑った。

「そのうちコツがわかってくるさ。こういうのが重要なんだ。ラムズの重要な役割の一つに救難任務がある。遭難者が状況を理解するより早く救出してしまうのが優秀な蟹メカパイロットだ。俺の兄貴もラムズで、ロシア地域で勤務してたが、バカどもをいつも救出しにいっていた」

「兄さんがいたんだ」

「兄貴自身もバカだった。パイロットとしては優秀だが、酒好きでしょっちゅう喧嘩騒ぎに巻きこまれてた。ラムズに入社したのは、どこかの士官学校にもう一度はいるチャンスがほしかったからだ」

　僕とおなじだ。

「それで、どうなったんだい？」

「七年がんばって、いまだにくすぶってる」

「七年も？」

　僕は驚くと同時に失望した。

「時間の無駄さ。強い意志があれば道は開けると信じてるが、がんばってもだめなときはだめなもんさ」

「あんたもどこかの士官学校にはいって軍のパイロットになることをめざしてるのかい？」

「まさか。そこそこの給料をもらえて、一日机にしがみつくのとはちがう仕事をしたいだけだ。それに世界のあちこちへ行けるしな。おまえはどうなんだ？」

「僕はＢＥＭＡにはいりたい」

スパイダーは笑ってから、真顔にもどって謝った。

「本気なのか？」

「うん」恥じいりながら答えた。

「おまえは覚えが早いが、ＢＥＭＡにはいるには技量だけじゃだめだ」

「政治力が必要だとまえに言ってたね」

スパイダーはうなずいた。

「兄貴はいいやつだが、酒席で軍曹を殴ったことがある。そうなるともう機甲軍は門前払いだ」

だったら僕はもっとひどい。

「僕は……模擬戦試験で中尉の腕を骨折させたよ」

「中尉を？」

僕は試験での出来事を説明した。

「なるほどな」とスパイダー。

「もう無理かな」

スパイダーは首を振った。

「たぶんな。まあ、まだなにが起きるかわからんさ」

しかし後半は断定口調にほど遠かった。


それから数週間は操縦練習を続けた。電卓から蟹メカを遠隔操作するプログラムの使い方も先生から教わった。

「なんらかの理由でブリッジにはいれない場合に使える。蟹メカに損傷がなく、遠隔操作プログラムが有効なら、予備の電卓から機体を動かせる。画面が小さくてインターフェースが使いにくいのが難点だ」

実際にみんな苦労したが、皮肉にも千衛子と僕は楽々と使いこなせた。『キャット・オデッセイ』のUIをすこし複雑にした程度だからだ。夜の練習では電卓経由で千衛子と競走もした。勝てはしなかったが、僅差だった。

「やるな」千衛子は僕に言った。

電卓での操縦を僕らが楽しんでいるのを見て、先生は警告した。

「ゲームじゃないぞ。いまは緊張せずにやれるが、銃弾が飛んでくるなかではそうはいかんからな」

兵装の訓練は最小限だった。蟹メカでは空包を撃っただけで、それも装塡手の仕事だ。期待に反して熱線砲《ヒートガン》は使わせてもらえなかった。射撃場でやった拳銃の訓練は、中学校の基礎軍事訓練で生徒全員がやらされた内容といっしょだった。

自爆機構の使い方も先生から教わった。三階層のコード入力とクルー全員の認証を必要とする。それができないときの迂回手順もあるが、必要な状況はかぎられる。

「理屈の上では、遠隔操作プログラムを使って自爆機構を作動させ、離れたところから操縦することも可能だ。乗員を犠牲にせずに神風攻撃をやるような、きわめて限定的な場合だがな」

僕は睡眠時間を削って、許されるかぎり蟹メカの操縦を練習した。他に夜中に練習しているのは千衛子とレンくらいだった。練習のあとは集まって意見交換をした。レンは技を発見したといって披露した。

「まず車輪で走りだして、勢いがついたらジャンプするんだ。するとすこしだけ先行できる」

「なんの役に立つんだ？」千衛子が訊いた。

「トイレに行きたくて一秒でも早く着きたいときに便利だろう」レンは例を挙げた。

「まあ簡易トイレは積んでほしいけどな」

「知らないだろうけど、昨日はおしっこをものすごくがまんしてたんだ」レンが告白した。

「知らなくてよかったよ」僕は言った。

「訓練中にだれかが屁をしたら、一時間くらいにおいが抜けなかったな」と千衛子。

「今日、屁をしたけどだれも気づかなかった」とレン。

「それも気づきたくない」

「おやすみ！」

千衛子が言った。レンと僕は宿舎へむかった。

「いよいよ卒業だね」

「卒業？」

「忘れたのかい？　明日で訓練は終わりだよ」

信じられない。

「生き残れたんだな」

レンが言った。僕もおなじ感慨をいだいた。

最終日も半日は基礎訓練をやった。夕方になって食堂に全員集合させられ、先生が正面に立った。両脇に樽がある。最後の訓練はこれをかついで終日走らされるのだろうか。先生は背中で両手を組んで話した。

「二十六人の諸君をここまできびしく訓練してきた。わたしを嫌っただろう。憎んだだろう。しかしそれは兵士として生き延びるためになにが必要かを知っているからだ。わたしはサンディエゴでからくも生き残った。そんな経験を諸君にはしてほしくない」

僕は美菜子から聞いた話を思い出した。先生はGW団の捕虜になり、囮にされたのだ。

「それには訓練あるのみだ。それでも充分でない場合がある。わたしは自分より価値のある戦友を何人も失った」

先生の声が弱々しく震え、みんな驚いた。

「このあとの予定は訓練ミッションが一回ある。そして最後の模擬戦を蟹メカ同士でおこなう。攻撃はデジタルの模擬射撃だが、実際に蟹メカに搭乗して戦ってもらう。卒業試験だと思え。それをもって正式に卒業、基礎訓練修了となる。そして世界各地に実戦配置だ。諸君を訓練できたことを、個人的に誇りに思う」

先生は訓練生にお辞儀をした。

それは感動的な態度で、自然と拍手が起きた。

先生は片手を上げて静粛を求めた。

「正式な卒業式のあとには盛大な祝賀会が用意されている。今夜は全員分のビールを用意した。飲みすぎるな。明日は休め。明後日は訓練ミッションのためにテクサーカナ砦へむかう。単純な列車護衛任務だ。難しいことはなにもない。独領アメリカへ行くのが初めての者は、なにを見ても驚くな。諸君の倫理的、道徳的基準を彼らに適用できるとは考えるな」

独領アメリカにおける非人道的な大衆の扱いや、巨大な監獄施設（一つの都市くらいの規模があるという）の存在については噂に聞いていた。しかしそこでの日常がどんなものかは知らない。グリゼルダは第三帝国でどんな生活をしているのだろう。

みんなビールを酌みかわしはじめた。笑いと歌声と歓声が響く。まともな料理も出た。みんなやり遂げたのだ。僕はやり遂げた。レンは僕に祝福の抱擁をして、空中に持ち上げてくれた。みんな抱きあっている。牡丹はビールを砂糖水のようにがぶ飲みしている。詩人は忍耐のすばらしさについて俳句をひねっている。千衛子は挑戦者全員と腕相撲をして連勝している。スパイダーは世界じゅうで楽しんできたのとはまたべつの味わいのビールに感慨深げだ。

僕は、グリゼルダといっしょに祝いたかったと思っていた。

祝宴のあと、僕は宿舎のほうへ歩いていった。酔っ払ってはいないが、ビール二杯で軽く足もとがふらつく。外は風がある。僕は星を見ようと目を凝らした。

千衛子とレンが手をつないでどこかへ走っていくのが見えた。あの二人はあやしいと噂になっていたが、実際に目にしたのは初めてだ。祝福したい気分だった。

頭上に浮かぶ星々をつなぐと、どうやら牡羊座のようだ。もう一つみつけたのは猟犬座だろう。

だれかが僕を待っているのに気づいた。先生だ。

「毎晩練習していたな」

「その時間しかできませんでしたから」

「怪我から復帰してよくがんばった」

先生からほめられたのは初めてだったので、うれしかった。

「ありがとうございます、先生。いろいろと」

「ラムズでの将来は安泰なはずだ。一方でこういうものも届いている。内容は知らんが、貴様を推薦するなら躊躇はない。立派な士官になれるはずだ。最終判断がどうなのか知らないが」

差し出された電卓には封印されたメッセージがはいっていた。どこからだろうと思って個人コードを入力すると、ＢＥＭＡからだ。

時候の挨拶は飛ばし、橘大佐の要請についての説明はざっと目を通して、結論に移動した。

「貴君の申請を慎重に再評価した結果、ＢＥＭＡの次年度の履修課程に席を用意することはできないと決定した」

アルコールのせいか、ショックのせいか、足がふらついた。倒れないように壁によりかかった。

先生は表情で察したらしい。

「また機会があるはずだ」

そう言って僕の肩に手をおいた。

「ありがとうございます」

僕は弱々しく答えた。膝が崩れ落ちそうな気がした。

「明朝また話そう。おやすみ」

先生は去っていった。僕は先生のまえで二度目の不合格通知を受けとったことを恥ずかしく思った。

地面にへたりこみ、両手で土をすくった。指のあいだからこぼれていくのを見る。BEMAの判断がくつがえることをなぜ期待したのだろう。試験結果が悪かったのに、それでもBEMAに合格できるかもしれないと思うなんて、世間知らずもいいところだ。スパイダーの言うとおり、持つべきコネを持たないからだ。

土くれになった気分だ。再利用されてすぐに捨てられるただの土だ。

翌日はみんなごろごろして休んだ。牡丹は卒業前の浮かれた空気をいいことに、みんなを花札の勝負に引きこんでいた。

僕はほとんどずっと落ちこんだ気分ですごした。蟹メカは訓練ミッションのために搬出されていて、操縦練習もできない。ランニングをしても不合格になった落胆は消えない。苦しい訓練に耐えてきたのは、BEMA入学のチャンスが広がると期待したからだ。その扉がふたたび閉じられたいま、なんのために努力するのか。

頭の一部では否定したがっていた。なにかのまちがいではないか。本当は僕は合格したのに、べつのだれかととりちがえられて、誤ったメッセージが送られたのではないか。願い出てもう一度電卓を見せてもらい、通知を最初から最後まで十回も読みなおした。しかし誤りはみつけられなかった。

腹が立った。合否判定をした委員会に直接問いただしたい気分だ。しかし一方で無駄とわかっていた。模擬戦試験は失敗したし、帝試は平均レベルだった。これで期待するのは甘い。

数時間後にはあれこれ考えすぎてくたびれた。牡丹に初週の給料の大半を巻き上げられた訓練生たちの抗議が騒々しくなっていた。僕はいらいらしてきた。

ふいに千衛子に肩を小突かれた。

「なんだよ」僕は声を荒らげた。

「一人でふさぎこんでて目障りなんだよ。どうした」千衛子は訊いた。

「おめでたい日だぜ！」とレン。

「あり金ぜんぶ巻き上げられたわけじゃないだろう」千衛子は牡丹をさした。

本当のことを話すかどうか迷い、口を開きかけたところに、スパイダーがやってきた。不可能だと言われたとおりになったことを、本人のまえで認めるのはしゃくにさわる。

「ごめん、二日酔いなんだ」結局は嘘をついた。

「ろくに飲んでないくせに！」千衛子は大声で言って笑った。

スパイダーが助言してくれた。

「二日酔い解消には飯だ。腹いっぱい食べたか？」

「大丈夫。眠れば治るから」

しかし寝台に横になって頭に浮かぶのは、不合格通知のことばかりだった。

6

翌朝早く、RAMDETの制服が配布された。採寸ずみなので、実際に着て、きつすぎたり緩すぎたりしないか確認するだけだ。軍服に似ているが、色が黒で、非戦闘員であることを明確にするマークがついている。

長袖シャツとズボンを身につけ、その上からメカ機内で飛ばされたときに多少の保護機能を持つベストを着た。RAMDET仕様の電卓も受けとった。業務用だが、みんな早くも個人的なメッセージの確認やニュースサイトの閲覧に使っている。

猪田《いだ》駅は警備が厳重だった。メインホールの大型電卓ディスプレーには天皇陛下の壁画が表示されている。丸天井も電卓ディスプレーになっていて、駅の最新情報を映して定期的に更新している。ガラスのむこうには四機の哨戒メカがそびえている。各乗り場への通路入り口には旭日旗が掲げられている。八番乗り場は肋材にささえられた象牙色の長いホールで、数千人の利用客が接続する地下通路へ足早に移動している。沈黙線方面の高速列車の行き先は、ハイテク都市ボゴダから、水中都市の武子《たけし》シウダードまでさまざまだ。

列車に乗った。僕らは先頭から五両目だ。客車に乗るのは訓練生の半数で、残りは非常時にそなえて四機の蟹メカのブリッジで待機している。メカは車輪を出し、列車の両側に係留索でつながれて、護衛任務の配置についている。なにか起きたら僕らもすぐ蟹メカに移動できる。五機目の蟹メカは最後尾の貨車に乗り、しんがりの守りを固めている。機関車は万一にそなえて前方にむいた大砲をそなえている。車両の三分の一はＵＳＪからの積荷をのせた貨物車だ。積み込みずみだったので中身は知らない。

客車には軍のチャンネルが映る電卓ディスプレーがあった。有名な山崗大佐がダラスを訪れて激励の演説をし、沈黙線の視察をしていた。

「ナチスがＮＡＲＡと結託して騒乱を起こしているという不愉快な報道があるが、敵の計画はすべて鎮圧しているので安心してもらいたい」

出発前に全員が指紋をスキャンされた。先生は訓練生の身分証を検査官に提示した。確認が終わってようやく列車は動きだした。ダラス都会の風景は急速に流れ去り、七分後には市境を抜けていた。

先生は全員に説明した。

「予定どおりならテクサーカナ砦までなにごともないはずだ。今日の任務はとくになく、むこうに一泊する。砦にはいったら発言はすべて録音されていると思って、会話は必要最小限にしろ。正式な任務は明日からだ。顧客の山椒魚興業から護衛を依頼された新規の積荷は、まずタルサへ行き、続いてウィチタフォールズの墨人《ぼくじん》空軍基地へ運ばれる。タルサまでの前半行程の多くが沈黙線を横断するので、列車の護衛を依頼された。ミッションの全行程で蟹メカの乗員は全員搭乗し、警戒にあたる。該当地域の詳細については追加の資料を送る」

「積荷はなんでしょうか」千衛子が質問した。

「機密事項だ」

「先生はご存じなのですか」

「関知しない」

資料によると、沈黙線の地形と気候はこの十年で激変している。ドイツ軍との戦闘が複数回起きた地帯だ。そのたびに破壊的な力が地形を変えた。窓の外はどこまでも砂が広がり、砂漠に近い。強い砂嵐が視界をおおう。砂の下には都市遺跡が埋まっているという噂だ。放射性の灰をふくんだ種子が破壊を拡大させる。

「幽霊って信じる？」詩人がみんなに訊いた。

「まさか」

僕は笑い飛ばしたが、じつは怪談を聞くと怖くなるたちだ。

「沈黙線のなかで幽霊を見たことがあるんだ」詩人は続けた。

「なら、つかまえて晩飯に食ってやるか」

千衛子が言うと、みんな笑った。

「沈黙線のどこだよ」だれかが詩人に訊いた。

「ここを横断する列車に二十回乗って、そのうち半数では外に人影が見えた。でもまばたきすると消えた」

僕は座席で眠って詩人の話を耳から遮断しようとした。怪談に影響されやすく、怖じ気づくのがいやなのだ。それでもナチスやUSJの死んだ兵士を満載した幽霊列車がやってきて、出会った者を皆殺しにする話を聞いてしまい、背筋が寒くなった。僕は無関心をよそおったが、みんなは熱中し、都市伝説に触発されている。

ようするに、僕とおなじくみんなもドイツ側を見ることへの好奇心と恐怖心でいっぱいなのだ。反体制派をいましめるための強制収容所や死体の山などの恐怖譚をいくつも聞いている。

砦までの距離は三百粁《キロ》以下でさほど遠くない。しかし積荷が重いので列車はゆっくり走った。

スパイダーと牡丹はずっと先生と話していた。聞こえてきたのは世界のさまざまなお茶についてだ。

僕は沈黙線を眺めながら、ここにどれだけの死者が埋まっているのだろうと思った。

時間はじわじわとすぎた。あとどれくらいかかるのかと先生に訊こうとしたとき、スピーカーから丁寧なアナウンスが流れた。

「まもなく独領アメリカにはいります」

テクサーカナ砦ははるか遠くまでつらなる市壁にかこまれていた。上は鉄条網が張られ、監視台には機銃がそなえられている。いたるところに檻がある。連結され、まるで肉が腐り落ちた蛇の骨格のように見える。鉄棒の柵と錆びた鉄の床のなかに、たくさんの人が閉じこめられている。あらゆる人種と性別の囚人たち。こちらを見てはいない。骨と皮のように痩せ細り、傷だらけで泥まみれ。喧嘩騒ぎも起きている。狭い檻のなかで場所を争っているのだ。数千人はいるだろう。強烈な日差しが囚人たちの皮膚を焼き、乾燥フルーツのように干からびさせる。虐待の悪臭は車内まで漂ってこないが、それでも退廃と非人道性は衝撃的だ。自分たちがああなっていたかもしれないと思うと、多くの者が顔をそむけた。

僕は先生に尋ねた。

「あれはいったい？」

「いわゆるゲーリングの聴衆だ。裏切り者、敵、あるいはたんに彼を怒らせた者がここへ送られる」

「いつまでこんなふうに？」

「死ぬまでだ」

「食べものは？」

「共食いだ」

ゲーリング大管区指導者は独領アメリカで高い人気を誇る軍人の一人だ。長身、金髪、美形の典型的アーリア人。またその美声はＵＳＪでも有名だ。毎晩きまって歌い、テクサーカナ全域とこの列車にも歌声が放送される。そのドイツ語は重厚で、まるで宗教の賛美歌のようだ。ただし内容はヒトラーへの恋歌であり、聞き取れない歌詞のほとんどは賛美する言葉だ。

「毎晩こんなふうに歌うんですか？」

「わたしが訪れたときは毎晩だ」先生は答えた。

聞く者を陶然とさせる歌声だ。〝総統《フューラー》〟という言葉がはいらなければ賛美歌にしか聞こえない。

グリゼルダはこの大管区指導者をどう思っているのだろう。

深い濠の上を通過した。レンが水面を指さした。

「ワニが棲んでるんだ。じかに見たことはないけど、突然変異で普通の三倍の大きさらしい。フロリダから運ばれてる」

横から千脩子が言った。

「ワニの肉はフライにするとうまいぞ。ポイントは衣をつけるまえの香辛料だ」

「一番おいしいのはワニとキムチだね。この組み合わせが最高だよ」

「おまえ、なんでもキムチとあわせればうまいと思ってるだろう」

「ちがうかい？」

都市風景の上に屹立する巨大なヒトラー像が見えてきた。空をおおい隠し、線路に影を落とすほどだ。めずらしく無帽で、USJの方角を見ている。もの憂げで瞑想的な表情。ただし目は古い映像で見たように燃えている。遠方を眺めて、ナチスが世界の覇者になれないのはなぜなのかと暗澹としているようだ。このヒトラー像とおなじくらい大きなメカを隣に立たせて、粉々に壊してやったらどうだろう。

駅は第三帝国旗だらけだった。剣を持った男の裸像も多い。これはヒトラーお気にいりの彫刻家ヨゼフ・トラクの弟子たちが製作したものだ。ナチス兵士たちは黒い軍服に鉤十字の腕章をしている。まるで黒焦げの肉体に血の刺青をいれたようだ。

列車からは商用の乗客が先に降りた。続いて後部の貨物車から蟹メカが降りてきた。スパイダーは残りのクルーをブリッジに乗せ、列車の貨物をトラックに移し替える作業をはじめた。数人のナチス職員がこちらへやってきた。先生は流暢なドイツ語で取引相手と話している。

僕は他の蟹メカとの連携を担当したが、連絡事項はさほどない。ミッションの仕事はたちまち片付いた。やることがなくて失望するほどだ。

線路脇の指定区画に蟹メカを駐機して、降りた。

市壁の眺めは、石畳の道と石の城壁がある中世の城を思わせた。ネオンが輝くUSJの都市に慣れた僕の目には陰気に映る。隣の広場には巨大なギロチンがあった。こんな時代遅れの処刑方法が残っているとは驚きだ。見かける兵士は白人ばかり。僕のようなアジア人はきわめて少なく、この人種的な偏《かたよ》りが不気味だ。行く先々にヒトラー像がある。

逗留先は市壁の隣のホテルだった。夕食はソーセージとザワークラウトの簡素なもの。歓声も会話もなく、先生の助言にしたがってこの都市についての感想も控えた。助言がなくても話す気分ではなかった。僕は檻の囚人たちのことが頭から離れなかった。

部屋はレンと同室だった。彼は頭を枕につけるやいなや、死人も目を覚ますような大いびきをかきはじめた。盗み聞きの好きな幽霊に対してもよい除霊になるだろう。

僕はしばらく眠れなかった。レンのいびきを意識しなくなるまで時間がかかったが、なんとか眠ることができた。

と思ったら、数時間後にドアを叩く音で起こされた。起床の合図。五時間くらい寝たりない感じだ。

僕らが駅に着いたときには、スパイダーたちが蟹メカのエアフィルターを適切な種類に交換するなどの作業をはじめていた。列車には百人以上が乗っている。民間人か、軍人か、僕らのような契約業者なのかわからない。蟹メカは今回も列車の横につながれている。

「用をたしておきたい者はいまのうちだぞ」

先生に言われて、僕はトイレに行った。沈黙線のこちら側で初めてのアジア人をそこで見た。トイレの清掃員で、無言で掃除をし、視線をあわせなかった。僕は手を洗って外へ出た。

列車にもどろうとしたとき、先生がきびしい表情でナチスの将校と議論しているのが見えた。

「誠か?」

名前を呼ばれて驚き、振りむいた。うしろに立っていたのは長身のドイツ人だ。長い金髪に青い瞳。見覚えがある気がしたが、どこで会ったのか思い出せない。

「マックだろう?」彼は言った。

「そうだ。どこかで会ったかな」

「ディートリヒだ。去年、朝のランニングを一度やった。グリゼルダはわたしの従妹だ」

「ああ、思い出した」

僕は笑ったが、恥ずかしい思い出も蘇った。ディートリヒが赤豹の記章をつけているのに気づいた。いまは軍人なのだ。どこの部隊だろう。

「グリゼルダに最近会ったか? 数カ月前にダラスに配転になったんだが」

本当のことを話すべきかどうか迷った。

「市内でばったり会ったよ」

「どんなようすだった？」

「元気そうだったけど」

ディートリヒは思案顔でこちらを見た。

「砦のなかを案内してやろうか。ダラスには明日帰ればいい」

「残念だけど、今日はミッションがあるんだ」

「沈黙線ではNARAが活動している。今回のミッションはやめたほうがいいんじゃないかな」

去年の情けない姿から能力不足だと思われているのだろうか。

「ご心配ありがとう。でもNARAとは一度戦った経験があるから大丈夫だ」

思わずきつい口調になってしまった。

ディートリヒは居心地悪そうに姿勢を変えた。

「ではくれぐれも気をつけて」

僕は蟹メカのラダーを登りながら、落ち着かない気分になった。なにか言おうとしたのだろうか。しかしただの護衛任務だし、テクサーカナ砦とは反対方向へむかうのだ。

スパイダーは操縦席を調節しながら、診断系で蟹メカ全体の正常性を確認していた。

「みんな出発の準備はいいか？」

「いいや」レンがみんなの疲労感を代弁した。

「おまえはいつもだれかがたりないだろうさ」

スパイダーは千衛子のことをほのめかしてからかった。レンは赤くなって苦笑した。

「昨夜は会ってない。クリームが証人だ」

先生から指示がはいった。

「履帯モードに切り替えろ。沈黙線にはいったら非常時以外の音声通信を控える。やりとりはすべて暗号化テキストで、通信手が伝達する。蟹メカは引き続き列車に係留索でつながれる。行程は四百二十二粁《キロ》、うち三分の二弱が沈黙線を横断する。過去二年間に敵対的活動はない地域なので、とくに困難は予想されない。万一の場合は訓練にしたがって対処しろ。われわれの主任務は列車の護衛であることを忘れるな。敵との交戦ではない。以上だ」

スパイダーは歩脚の膝に履帯を出した。ここを接地させて低姿勢をとる。係留索は列車につながれたままだが、いつでも切り離せる。自動操縦なので、移動中になにも起きなければ手放しでいける。砦からタルサまでの経路がプロットされた牡丹のGLS画面をのぞいた。敵の存在は探知されていない。

スパイダーが操縦席に背中を倒して言った。

「わずかな空き時間でも仮眠をとっておけ。長いキャリアで学ぶ重要な能力だぞ」

そして目をつぶり、たちまち寝た。レンのいびきは意外とうるさくなかった。エンジン音でレンと牡丹もそれにならった。

かき消されている。

「みんなよく眠れるわね」オリンピアが言った。

「僕も眠れないな」僕は言った。「タルサには行ったことある？」

「あたしの出身地よ。両親は製材所勤務で、機械の設計が仕事だった」

「家族はまだそこに？」

「父はナチスの奇襲攻撃で殺されたわ。ベニコという名前のボーダーコリーとラブラドールの雑種犬を飼ってて、とても頭がよかったんだけど、ある朝吠えつづけてどうしてもおとなしくならなかったの。不思議に思ってたら、そこへナチスが……」

「残念だ」

「ほんとに。ポートランドへ引っ越したときはうれしかった。母は化粧品会社で検査員の仕事をはじめて、毎晩ちがう化粧をして帰ってきたわ。そのうち再婚した。あたしは義父とうまくいかなくて、軍の寄宿学校にいれられたの」

「軍の学校はどうだった？」

「なにもかも嫌い。でも家には帰りたくなかった。だから卒業してすぐラムズに入社した」オリンピアはつらい気持ちをこめて沈黙した。「すべてナチスのせいよ。復讐したい」

「いつかその機会はあるだろうけど、今回はなさそうだな」

「ナチスの挑発行為は何ヵ月も続いてる。武力でメッセージを返すべきよ」

あふれる憎悪が感じられた。僕もおなじように感じるべきだろう。

「戦争がはじまったらどうなるかな」

「もちろん、やつらを地上から抹殺するわ」

自信にあふれ、疑問はみじんもない。その自信はみんな共通だ。皇国のメカと戦うならドイツ軍は大損害を覚悟しなくてはならない。

時間がすこしずつすぎた。乾いた丘とまばらな茂みやサボテンが、にじんだ風景となって後方へ流れていく。自然は気まぐれな彫刻家のように乾いた大地に溝と皺を刻んでいる。戦闘と核兵器がくりかえし使われたこの大地に、放射能はどれだけ残っているだろうか。さいわいドイツとは核兵器凍結条約が結ばれたが、影響は消えていない。小学校時代の先生がこの沈黙線で戦った経験者だった。彼は十年前の放射線被曝が原因で病気になり、臓器再生治療を受けた。一命はとりとめたが、もうすこし癌が進行していたら助からなかったと聞いた。

一時間がすぎ、二時間がすぎた。たくさんの断片的な記憶が浮かんだが、意識的に思い出そうとするとなに一つ思い出せなかった。

やがてスパイダーが目を覚まして伸びをした。

「よく眠れたかい？」レンが訊いた。

「いい夢だったが、おまえの顔で吹き飛んだ」

「その言葉、そっくりお返しするよ」

「年長者に言葉を返すもんじゃない。俺の仮眠中になにかあったか？」

数分早く目覚めてスキャン画面を確認した牡丹が答えた。

「沈黙線は沈黙す、だよ」

岩壁や岩山が増え、やがて渓谷のようになった。岩の海が割れたか、あるいは巨大な塹壕か。線路はそこを抜けていく。スパイダーが説明した。

「ここはナチスが対日戦で塹壕を掘った跡だ。巨大建設機械を使ったが、完成しなかった」

「なぜだい？」

「皇軍がもくろみに気づいて追い払ったからさ」

岩壁の間隔が狭いところはグランドキャニオンを思わせる。しかしどこか不自然さを感じる。ドイツ人があちこちで地球環境を改変しているという予備知識があるせいか。彼らは地中海に水中都市を建設して海洋生物の大半を死滅させた。それとも人間の意識がつくりだすパターンと、数億年におよぶ自然な地形変化のちがいを脳が感じとるからだろうか。

「なんか妙だね」牡丹が言った。

「具体的にどこが妙なんだ？」とスパイダー。

「画面に熱反応が出たり消えたりするのさ」

「クリーム、僚機が同様の現象をとらえてるか尋ねてみろ」

変則的な反応の有無について質問をとばした。最初の返事は千衛子からで、あると認めた。先生の蟹メカも同様だ。

「この地形で待ち伏せ攻撃を受けたら、こっちはカモだぞ。先生に助言を求めろ」

尋ねると返答があった。

《放射線影響によるセンサー誤作動の可能性あり。ひとまず警戒せよ。ＲＡＭＤＥＴに問いあわせて指示を求める》

僕は好奇心から先生の外部通信を傍受してみた。すると驚いたことに、先生のメッセージは平文だった。暗号解読まで試みるつもりはなかったのに、先生と上司のやりとりはあっさり読めてしまった。

《不規則活動を探知せり。任務中止を要請する》

返答は四分後だ。

《中止要請は却下。積荷はＵＳＪにとって貴重なり。予定どおりに配送すべし》

《わが方は訓練隊なり。戦闘状況への準備なし》
《米人テロ組織程度なり。ラムズは対応可能》
《伏撃を受けた場合、地形的に反撃困難》
《テロ組織の攻撃程度なら蟹メカは耐久力あり》
《実戦経験あるクルーならば知らず、卒業前の訓練生なり》
二分後に返信があった。
《任務に変更なし。積荷は重要。議論を終える》
驚いた。RAMDETは積荷が重要であることを認めた。しかもろくに暗号をかけない通信で明かした。
先生からの指示が届いた。
《予定どおりに進行する。抵抗に遭った場合は訓練どおりに対処せよ》
言葉遣いに弱気や疑念は見られない。
ところがその着信直後に、牡丹のナビ画面から警告音が鳴った。
「接近する機体が四機あるよ」
僕は先生に伝達。先生は目視で確認した。
《係留索を分離。戦闘準備》
命令を受けた三機は先生の機体とともに後方に残った。列車は先へ進み、五機目の蟹メカは護衛としてついていく。

スパイダーは係留索を切り離した。その動作がぎこちないことに僕は気づいた。繊細な操作が必要なところで、手を止めて右腕をマッサージするほどだ。列車から離れる動きもぎくしゃくした。その操作の後半をスパイダーは右腕を使わずにやった。

なにも知らなければ腕が痛むのかと思うだろう。ボタンを押す回数が増えるほど苛立ったようすになる。右の前腕がうまく動かないようだ。僕の視線に気づいて、スパイダーは言った。

「おかしい。抗炎症薬を注射してよくなったと思ったんだが」

「どうかしたのかい？」牡丹がスパイダーに訊いた。

「右腕の調子が悪い」

「これから戦闘に突入するってのに、〝右腕の調子が悪い〟？」

「落ち着け。たいしたことはない」

牡丹は首を振った。

「クリーム、あんた操縦できるかい？」

「すわれ。はじめるぞ」スパイダーは命じた。

牡丹は不満げだったが、スパイダーが機体を敵性目標へ移動させはじめると、コンソールにもどった。列車は遠ざかる。

左右から近づいてきたのは見覚えのある機体だった。NARAが好むジャベリン級四機。砲門をこちらにむけている。

先生がテキストで指示してきた。

《各機一目標を割りあてる。ジャベリン級を排除せよ。蟹メカにくらべればポンコツだ。攻撃力はこちらの装甲より弱い》

僕らは三番目の目標を割りあてられた。オリンピアが照準系をロックオンした。

「焼夷弾を使え」

「了解」

オリンピアは答えて、レンを見た。レンもロックオンした。

「照準完了」

「撃て」

オリンピアとレンは側砲から焼夷弾を一発ずつ発射した。どちらも命中。ところが効果は見られず、逆にジャベリン級は前部砲で反撃してきた。その強力な一撃でこちらは数米《メートル》押し返された。衝撃で全員が揺さぶられる。ジャベリン級はこちらに突進してきた。ところが敵の接近に対して、こちらは動かない。

「なにぐずぐずしてるんだい？」牡丹が言った。

「自動運動系のようすがおかしい」

オリンピアが診断画面を呼び出した。

「いまの攻撃で故障した。手動モードに切り替えて。そして――」

ジャベリン級がまた撃ってきた。今度は近距離からだ。蟹メカははげしく揺れ、さらに遠くまで押し返された。装甲は破れていないが、内部照明が暗くなり、外装が大きくへこんでいる。

スパイダーがシートベルトをはずした。

「クリーム、操縦を代われ」

「本気かい?」

「早くしろ」

スパイダーは操縦席から跳びのき、そのあとに僕がすわった。座席がやや大きいが、すぐに僕の体形にあわせて変形し、再固定された。ベルト、グローブ、ゴーグルをつける。これらも体形にあわせて再調整される。グローブは湿っていて、スパイダーがいかに汗をかいていたかわかった。手動の操縦桿を握って感触をたしかめる。視覚インターフェースを立ち上げ、グローブの触覚制御で機体を動かす。

ジャベリン級はこちらより背が高い。しかしバランスを崩す攻撃には弱いことを思い出した。オリンピアとレンが砲撃しているが、目に見える効果がない。千衛子の短距離走での操縦法を思い出した。六脚の動作をくりかえし、後ろ脚で蹴るときにブースターを使って加速する……。

「どんな手でいく？」スパイダーが全員の考えを代弁して訊いた。

「体当たり《ラム》する」僕はラムズにかけて言った。「みんなつかまれ」

僕はジャベリン級を見ながらタイミングを待った。範子がグラナダヒルズで見せたテクニックだ。二脚の敵が砲撃しようと動きを止めた瞬間に、ダッシュする。ジャベリン級がふたたび砲撃してきたが、今度はすばやく射線からどいた。第二脚が止まるまえに第四脚を動かしてしまい、つんのめりそうになったが、なんとか前脚でバランスをとる。攻撃は回避できた。ジャベリン級は砲塔を新しい位置へまわしている。そのタイミングで突進した。敵は撃ってきたが、かまわず体当たりした。

ジャベリン級は脚をうしろに出して衝撃をこらえた。前回はこれで転倒させられたのに、今回は失敗だ。両者ともまだ立っている。範子のときは簡単そうに見えたが、今回は蟹メカの圧力を過大評価し、ジャベリン級の機敏さを過小評価したようだ。それどころか全員を窮地に立たせてしまった。失敗したら全員を死なせてしまう。

「上からだよ！」牡丹が叫んだ。

ジャベリン級が主砲をこちらにむけている。オリンピアとレンがそこにむけて撃った。敵の装甲にはじかれるが、砲塔をかしがせることはできた。砲撃は地面に飛んだ。前脚を使って組みついた機体を離し、距離をとる。

三十米《メートル》ほど脇では、千衛子の操縦する蟹メカがべつのジャベリン級と戦っている。

「機界を調べてくれ。ジャベリン級からなんらかの接続チャンネルを使っていないかどうか」僕は指示した。

「なぜだい？」

「いいから」

従属《スレーブ》と主機《マスター》の関係になっているものがもしあれば、一機を破壊すればペアを解体できるはずだ。

「そんな接続電波は出てないよ」牡丹が答えた。

「本当に？」

「疑うのかい？」

むっとしたようすで牡丹は答えた。当然だろう。

どのジャベリン級も独立しているのか。接続を妨害する手は使えない。他の手段を考えなくては。

「スパイダー、ヒートガンの使い方を先生に問いあわせてくれないか」

「使い方は知ってる」レンが横から言った。「千衛子とのシミュレーションで練習した。強力だけど、エネルギーを使いはたして六秒間停電状態で動けなくなる。そして次発の充電に約三十秒かかる」

「つまり、はずしたら――」

「まるで無防備になる」

もう一度体当たりして、ジャベリン級に組みついてから撃てば、うまくいくはずだ。

「充電開始」僕は指示した。

「開始した」

すぐに鈍いうなりが響きはじめ、ブリッジ全体に熱気がこもった。

「あと二十八秒」レンが読み上げた。

牡丹がスキャン結果を言った。

「敵の装甲には他より十八パーセント薄いところがあるよ。オリンピアが通常兵器でそこを弱体化させといて、レンがヒートガンで撃ち抜くのがよさそうだね」

「いいわよ」オリンピアが答えた。

「了解！」レンが提案に飛びついた。

次の二十五秒間で僕らの生死が決まる。それを強く意識しながら、六本の足を個別制御した。関節を前後に回転させ、転倒しないように蟹メカを走らせる。動きは速く、僕はインターフェース上ですべての指を使って脚の動きを模した。ジャベリン級は間合いを空けようとしている。近すぎると大砲を使えないからだ。あと十七秒。周囲に目を走らせると、先生は標的のジャベリン級と戦闘中だ。千衛子の蟹メカも敵を中心に円を描くように走っている。僕らのジャベリン級がまた撃ってきて、すばやく回避した。蟹メカは機敏だ。あと十秒でヒートガンの発射準備ができる。突進を開始した。敵はかわそうとするが、こちらの動きが速い。ジャベリン級に体当たりして、前脚でその脚をはさみこんだ。

「オリンピア、ありったけぶち込め！　レン、そのあとだ！」

オリンピアは一斉射撃で敵の装甲をへこませ、損傷させた。続いてレンがヒートガンを発射した。

反動はない。一瞬だけ熱気を感じた。レーザーの放射が終わると、ブリッジは逆に冷え、騒音が消えて沈黙に包まれた。ゴーグルで見ようにも電源が落ちている。成否を確認できるのは六秒後。僕は指折りかぞえて待った。四……三……二……一……。BPGの電力が復帰した。ゴーグル内に視野がもどる。

ジャベリン級は機体に大穴があいていた。空洞の縁はまだ赤熱している。穴の奥を拡大して見た。なかはなにもない。パイロットはヒートガンに焼かれたのか、そもそも乗っていなかったのか。機体を引き離すと、ささえを失ったジャベリン級は転倒した。

「成功か？」レンが訊く。

「成功よ！」牡丹とオリンピアが同時に叫んだ。

ついに倒した。

「おめでとう、パイロット！」レンが叫ぶ。

「おめでとう、装塡手！」僕も返した。

スパイダーも笑顔だ。

「みんな落ち着け。戦闘はまだ終わってないぞ」

「千衛子は？」レンが訊いた。

牡丹がコンソールにもどった。

「無事だよ」

千衛子の蟹メカは敏捷に動きつづけている。ヒートガンは使わず、一定の間合いからの攻撃を当てつづけている。ジャベリン級は大砲で反撃しようとするが、蟹メカの動きはすばやい。まわりこんでジャベリン級の脚の関節を損傷させる。数発で膝が崩れ、その場にへたりこんだ。力まかせの僕らとちがって、はるかに洗練された戦法だ。蟹メカの敏捷さを最大限に利用した戦いかたに敬服した。こちらのいちかばちかの体当たり戦法とは対照的だ。

残る二機のジャベリン級もまもなく倒された。僕らはブリッジのなかで立ち上がり、みんなで抱きあった。初陣《ういじん》勝利だ。

「よくやった」スパイダーがほめてくれた。

「ありがとう。夜中の練習につきあってくれたおかげだよ」

「おまえの成果さ」

僕はグローブとゴーグルをはずして返そうとした。しかしスパイダーはこばんだ。

「もうパイロットはおまえだ」

「きみの席だよ」

「おまえは実力で勝ち取った。そもそも俺は腕が痛い。次の敵があらわれたらまた交代しなきゃならない」

「でも——」僕は反論しかけた。

「これは決定事項だ」

僕は小さく頭を下げた。

「ありがとう」

「礼はいらん。無事に帰るまでが任務だぞ」

操縦席にもどった。なんだか跳び上がりたい気分だ。アドレナリンのせいだろう。あの緊迫感が楽しかった。もっと味わいたい。倒すべきジャベリン級がもっといればいいのにと無茶なことを考えた。一歩まちがえたら殺される。しかしいまは自分たちの強さに絶対の自信があった。なにをやっても画面のなかの出来事であるゲームとはちがう。こんな自分の反応に困惑した。初めての戦闘でもこうだった。危険を渇望するのは異常だろうか。

メッセージがはいり、すぐにスパイダーが伝えた。

「十八粁《キロ》先で線路が障害物でふさがれていると列車から連絡があった。進路確保と妨害者の排除にむかうぞ」

悪いニュースを聞いて楽しくなるのは初めてだ。

7

蟹メカの速度をめいっぱい上げた。

「NARAがどんな連中か知ってる？」オリンピアがみんなに問いかけた。

「テロリストはみんなおなじさ。皇国転覆を狙う野蛮人だ」レンが答えた。

「でも抗日活動とおなじくらい、党派間の抗争もはげしいと聞いたけど」僕はグリゼルダの話を思い出しながら言った。

「一枚岩じゃないってことか？」レンは訊いた。

オリンピアはうなずいて話しだした。

「NARAを率いてるのは安っぽい大ぼら吹きの預言者よ。他の党派はイカサマだと主張してる。昔はアナハイムで電卓を売っていたそいつは、啓示を得て、この世界は偽物だとか、アメリカが戦争に勝ったべつの現実があるとか言いだしたの」

「戯《ざ》れ言だ」

「信者に言ってやって。その世界ではアメリカは繁栄し、完全な平等社会を実現しているんだって。太平洋戦争に勝って、改革と変革を決断し、人類史上もっとも豊かで幸福な時代を築いてるんだそうよ」

「ごたいそうだな」とスパイダー。

「戦時中にアメリカはわたしの祖父母を、モンゴル人という理由で強制収容所にいれたわ。あらゆるアジア人に皇国のスパイ容疑をかけた。平等社会が聞いてあきれる」

「しかし勝利は剣をなまらせるというだろう」とスパイダー。

「研ぐ場合もあるわ」オリンピアは反論した。

「もう一つの現実はともかく、この現実ではなにを求めてるんだ？」レンが訊いた。

「皇国とナチスを戦わせてどちらも弱体化させ、漁夫の利を得ようというのよ」

「詳しいんだな」

「入隊したときの最初の仕事の一つが、この狂信者たちの研究だったの」オリンピアは説明した。

牡丹が割りこんだ。

「やっぱり妙だよ。あのジャベリン級に人間のパイロットは乗ってなかったみたいだね」

「なぜわかる？」

「痕跡が残るはずだろう。血痕とか、内臓の断片とか、歯とか。でもスキャン結果にそういうのが検出されないんだ」

「ヒートガンで溶けたんじゃないか？」とレン。

「たとえそうでも痕跡くらい残るだろう。やっぱりジャベリン級は電卓ＡＩで動いてたんじゃないかね」

「だったらどうなんだ？」

そこへスパイダーが言った。

「クリーム、先生からの通信で、線路が岩でふさがれてるらしい」通信文を読みながら話す。「どけるのに協力が必要だそうだ。まず……いや、へんだな。文の途中で切れたぞ。こっちから送ったメッセージも着信しない」

「機体が損傷して送受信に障害があるとか」

「かもな」

嫌な予感がする。牡丹もなにか感じるらしく、通信コンソールに近づいた。

「メッセージが全部ジャミングされてるよ」

「だれのしわざ？」僕は訊いた。

「わかんないね」牡丹はナビゲーション用のセンサー画面にもどった。「こっちで見るかぎり異状なしだ。封鎖解除して音声通信で尋ねるのはどうだい」

前方に積み上がった岩でふさがれた線路が見えてきた。列車は完全に停止している。先生の蟹メカが調べようと前進した。

ついていこうとしたとき、先生の機体が爆発した。あわててセンサー画面を見ようとしたが、それより早く、こちらにもなにかが命中して空中に飛ばされた。両腕をあぶる熱と、装甲板が溶けるにおいを感じる。急激な回転で座席につかまることしかできない。

目を開くと、機体は裏返しになり、オリンピアとスパイダーは座席から振り落とされていた。蟹メカが地面にぶつかった衝撃で、いまは床になった天井に二人とも頭をぶつけている。

機体の四分の一がなくなり、そこに牡丹も巻きこまれたようだ。オリンピアとスパイダーは首の骨を折ったらしく、どちらも呼吸していない。僕は天井側になった座席のシートベルトから逆さに吊られている。レンは脚を板にはさまれて気絶している。

「聞こえるか？　どんな状態だ？　返事をしろ、マック、スパイダー、レン！　聞こえるか？」

千衛子の声だ。暗号化を忘れて音声で叫んでいる。

頭がぐるぐるした。耳鳴りがする。ベルトをゆるめたい。しかしふいに、高校での模擬戦試験が頭に蘇った。あれもダラス郊外で襲撃を受ける設定だった。あのとき最優先でやるべきことはなんだったか。

「千衛子……」

僕は通話装置にむかって答えた。列車はそれほど遠くまで来ていないはずだ。ここから近いのはテクサーカナ砦か、それともダラスか。砦に引き返すのは安全といえるのか。

「マック！　なにがあった？」

「きみは急いでダラスへ行ってくれ。状況を伝えて、増援を頼むんだ」

「れ……レンは無事か？」

そちらを見るが、呼吸の有無は確認できない。

「脚をはさまれて気絶してる。でも生きてる」

確信はないが、真実であることを願いつつ話した。

「レンを生存させると約束してくれ」

「約束しても守れるかどうか」

「とにかく生かすと約束しろ」

「や……約束するよ」

「助けを呼んでくる。それまで生きてろ」

僕はシートベルトをはずし、座席の手すりにつかまってゆっくりと下におりた。まずオリンピアとスパイダーのようすを見て、脈をとる。スパイダーの首はおかしな角度に曲がっている。オリンピアは血の海に顔を伏せている。二人の死亡がはっきりして、息が苦しくなった。なんてことだ。信じられない。

どうすればよかったのか。警告音は鳴らなかった。ミサイルの徴候はなかった。

茫然としながらレンを見た。腰から下が粉砕されている。一人で持ち上げるのは無理だ。しかし息はある。

「レン！　レン！」

呼んだが、返事はない。それでもいい。とりあえずまだ生きている。

右側の牡丹のナビゲーション席があったところは、ぽっかりと大穴が開いている。そこから蟹メカの焼けこげた二本の脚が見えた。

オリンピアとスパイダーの死体といっしょにブリッジにとどまりたくなかった。目を閉じて、機外へよろめき出た。

出たことを後悔した。

そびえる巨人の影が日差しを隠している。これまで見たどんなメカより背が高い。模擬戦試験で戦ったバイオメカとくらべても倍はあるだろう。装甲板が生き物のように見える。黒い流体が装甲になっている。生きた皮膚が集まり、次々と重なっていく。骨格からすでに大きいのに、分厚い装甲が融合して、生物めいた姿がさらに巨大になっている。背中には紫色の背びれが一枚ある。

まちがいなくナチスのバイオメカだ。数十年にわたる遺伝子操作によって腫瘍からつくりだされた怪物。

しかしなぜこんなところに？　ＮＡＲＡはナチスの協力を受けているのか。

装甲は漆黒だが、その下に血の赤い輝きが見える。憎悪が煮えたぎっているようだ。バイオメカがこれほどの巨体とは知らなかった。奇妙な音をたてている。狂暴な蜂の羽音と、動物が溺れまいと必死で水を掻いているような音がまじりあっている。全身が液体のように脈動している。

目があいそうで怖い。行動の選択肢を考えたが、どれも死に直結しそうだ。脚ががくがくと震える。汗は暑さのせいばかりではない。

攻撃は二度に分かれていた。一度目は力試し。二度目が本番だった。列車はとくに壊れていないようだ。やはり貨物が狙いか。そんな貴重品を積んでいるのか。理屈にあわない。しかし、ほしいならくれてやる。

問題は地面に根がはえたような足をどう動かすかだ。列車まで走って下に隠れるか。しかし出てきたとたんに射殺されるのがおちだ。

バイオメカが一歩踏み出し、地面が揺れた。その体の一部が開き、耳をつんざくようなかん高い騒音とともになにかが発射され、すぐに開口部は閉じた。列車のむこう側で爆発音が聞こえた。頭にドリルを突っこまれたような耳鳴りがする。千衛子がやられたのでなければいいが……。

僕はあえて蟹メカのブリッジにもどった。ふたたび二人の死体を見る。夢なら覚めてほしいが、夢にしてはリアルすぎる。バイオメカが移動する振動が伝わってきた。蟹メカは赤外線の漏洩を防ぐ構造になっているが、機体が半分ちぎれている現状では探知されてもおかしくない。操作系は機能しそうだった。スパイダーのほうを見ないようにした。ほんの数日前まで自主練を手伝ってもらっていた。二人の本名さえ知らないことに気づいて愕然とした……。

そんなことを考えてる場合か！　選択肢はなんだ？

なにをしても長い命ではないだろう。そう思うと体が冷えた。できるだけ多くの敵を道連れにしよう。死んだ仲間の弔《とむら》い合戦だ。

操縦席は逆さまになっている。自爆機構を動かすには補助電源を復旧させなくてはいけない。裏返った機体をもどさずにその操作をやるには、逆さまの操縦席にもどるしかない。非常スイッチでBPGの起動操作をした。

操縦席によじ登ろうとしていると、数人のNARAメンバーが機内にはいってきた。銃をかまえて命じる。

「そこから下りろ！　両手を上げろ！」

僕は従った。

「こいつはどうする？」NARAの一人がレンを見ながら指示をあおいだ。

「殺せ」

「やめろ、やめてくれ！　彼は――」

僕は叫んだが、硬いもので頬を殴られた。倒れながら、銃声を聞いた。レンは死んだ。僕ももうすぐだろう。怒りは感じない。理由を知らされないまま命を消費される自分たちが、ただ哀れだった。

渇きで目が覚めた。からからの喉にわずかな唾液を飲みこもうとした。地面にすわっている。両腕は縛られている。日が沈みかけているらしく、渓谷の岩壁は毒々しいオレンジ色に染まっている。

「気がついたかい」

隣にいるのは牡丹だった。おなじく両腕を拘束されている。

「なにがどうなってるのか」

「NARAにつかまったのさ」

「きみは……どうやって生き延びて」

牡丹は顔の反対側を見せた。ひどい火傷だ。

「移動中に蟹メカが揺れたと思ったら、外に放り出されてた。焼けた鉄板に顔をくっつけてね」

「静かにしろ！」

NARAの兵士に怒鳴られた。

僕らは約二十人が横一列に並ばされている。正面にはNARAのメンバーとおぼしい十人ほどが銃を手に立っている。普通の場所にいたらUSJ市民と区別がつかないような服装をしている。ナチス将兵の姿はなく、かわりにバイオメカがそびえている。

生存者は列車のまえに集められていた。服を脱がされた死体が無残に積まれている。

ずんぐりした体形の男が出てきた。高く盛り上げたおかしな髪。目の下に黒い油を塗って、親指の爪で歯をほじっている。四角い枠の大きな眼鏡にはピンクの色つきレンズ。男は僕らにむかって話した。

「きみたちは日本人のつもりかい？　ちがうね。僕らとおなじアメリカ人だ。証拠を見せてやろう。この列車は積荷が貴重品だとほのめかす通信をじゃんじゃん流してた。暗号なしでね。ずさんきわまりない。とにかく、どんな積荷なのか僕らは興味を持ったよ」

男が手を挙げると、女が箱を持ってきた。男は中身をつまんでみせた。

「グースの羽根。高級枕の材料だね。これが積荷。きみたちは囮に使われたんだよ。なにが目的かって？　関係ないね。そっちの軍がなにを送りこもうと、あれが――」バイオメカを指さして、「――踏みつぶすからね」

本当だろうか。僕らは囮だったのか。目的は？　先生はくりかえし撤退を要請した。しかし上司はミッション続行を命じた。なにか知っていたのだろうか。

「僕がなにをしにきたのかと不思議に思っているだろうね。きみたちと直接話す特別な機会だよ。失った文化遺産の大きさをきみたちは知らない！　僕らの預言者は、この世界の本来あるべき姿——真に自由で平等な社会を教えてくれたんだ！」

男は口角泡を飛ばしながら大声で話した。顔を紅潮させ、拳を振りまわす。

「きみたちは日帝の真の顔を知らない。そのへんの犬みたいに、腹を満たしてくれるご主人さまに尻尾を振るのはやめな。日帝のやり口を僕はこの目で見た。何千人という同胞のアメリカ人がやつらに殺された。昔の僕はきみたちとおなじく日本名を持つ忠実な日本人だったよ。でもいまはちがう。ふたたびアメリカ名を名乗っている。クラレンスとね」

クラレンスはその場で一回転し、天にアピールするように両手を高く掲げた。

「僕は慈悲深い。許すことを神に教えられたから、きみたちにはチャンスをあげるよ。僕らの仲間にはいってアメリカの遺産を受け継ぎたまえ。いやなら地獄行きだ。まずきみから」

しめされた人物は僕から見えない。しかし二人のNARAメンバーがその頭にライフルをつきつけたのがわかった。

「どうする？」

「わたしは天皇陛下の臣民よ！」女が大声で答えた。

「おめでとう」

銃声が響いた。

「だめじゃないか！」クラレンスが叱った。「撃つまえに服を脱がせなきゃ。血で汚れちゃうだろう。ほら、こんなになって。もうこの服は使えない。じゃあこっちの男。常識人ぽい顔をしてる。ほら、きみはどうする？」

「殺さないでください。お願いです……」

「じゃあ仲間になる？」

「救ってくれるならなんでもします」

「ほら、簡単だろう」クラレンスは男を立たせ、肩に腕をまわした。「じゃあ、一言だけ大きく声に出して言ってほしい」

「なんて？」

「大日本帝国から離脱すると宣言して、地面に唾を吐く。簡単だろう？」

「で……でも――」

「たったそれだけさ。同胞の面前で日帝から離脱する。きみの宣言は電卓で録画して全世界に公開するよ。さあ、列車の上で。嫉妬するカインたちにむかって笑って！」

「でもそれを公開されたら、わたしの家族は収容所行きだ」

「大きなジレンマだね。じゃあ、服を脱がせて」

「待て、待ってください。金ならある、金なら――」

メンバーたちは男の服を脱がせた。下着まで脱がせたところで、クラレンスみずからその首をナイフで切り裂いた。血が顔にかかったクラレンスは、ハンカチを持ってこさせた。

「血って嫌いなんだよね、玉ねぎのにおいがするから。玉ねぎの食べすぎは体によくない。でもニンニクはいい。いくら食べてもいいよ。ニンニク臭くなるだけ」

こんなおしゃべりをしながら、さらに八人を処刑した。楽しげな態度のせいで凄惨さがきわだつ。助命の期待をあおって、目前で取り上げるという茶番劇。ここで起きていることが信じられない。

「わたしは皇国を離脱する！」一人が叫んで地面に唾を吐いた。「アメリカの遺産の復活を望む！」

その必死さと裏切りを、みんな嫌悪しつつ同情したはずだ。

「よろしい」クラレンスは称賛した。「では兄弟となったきみに、簡単な仕事をあたえよう」列の隣の人物を指さす。「汝の隣人を殺せ」

「で……でも、彼もアメリカ人になりたがるかもしれない」

「うーん、でも顔が嫌いなんだ」クラレンスは困ったように肩をすくめた。「ごめんね、うわべしか見ないやつで」ナイフを手渡す。「さあ、目でも口でも好きなところを刺していいよ」

「いや……そんな……できない」

「もうきみの国なんだよ。いとしき自由の国。汝のために我らは歌う。先祖代々が眠る土地。その名誉のためにきみは殺さなくてはいけない。だろう?」

「わ……わたしは会計士なんだ。そもそもこの列車に乗る予定じゃなかった。娘がいるんだ。まだ八ヵ月だ。お願いだ。お願いです……」

「娘? 娘なら僕にもいたよ。二人。娘さんを悲しませたくないね。じゃあ、隣人を殺したらきみは帰してあげよう」

「い……いいのか?」

「きみは会計士なんだろう。目には目。命には命。計算があうことが大事だ。さあ、殺して」

会計士は震えている。小便を漏らしている。

クラレンスは笑った。

「たいしたことじゃないよ。本当さ。きみがこの試練を乗り越えられるように親切に助言しているんだ。でも一日じゅう待ってはいられない。三十秒で決めてくれ。きみが心の底から娘に会いたいのかどうか」

すると会計士の隣の男が大声で言った。

「俺には息子がいる! 陛下にそむいたら息子にあわせる顔がない」

「死んだらそもそも息子に会えないよ」クラレンスは皮肉たっぷりに指摘した。

「それでも俺の名誉は守られる!」

「死んだら名誉なんて役に立たない。ほんとだよ。僕のたくさんの友人たちも名誉のために蟻の餌になったんだ。会計士くん、あと十五秒」

会計士はナイフを取り落としそうになった。数秒を数分に引き伸ばそうとしている。しかし時間は無情にすぎていく。やがて震える手で隣人にナイフをむけた。男の頬に刺そうとするが、狙いが高すぎて刃が頬骨にはじかれた。会計士は泣きじゃくり、叫びながら必死に男を殺そうとしている。みんなは顔をそむけた。凄惨きわまりない。

僕は手枷と足枷に力をかけた。なんとか逃げられないか。しかし銃を持ったNARAのメンバーが列車の上や周囲に立っている。かりに逃げられても、すぐに撃たれるだろう。

会計士が目的を達すると、クラレンスはその両肩をつかんだ。

「よくやった。たいしたものだ。きみは娘への愛を証明したよ」クラレンスは会計士の顔から血をぬぐってやった。「娘にこれまでとはちがう種類の感謝をするだろう。娘のためにきみは生きることを選んだ。そして僕の動機を知った。僕らみんなの動機だ。自転車を持ってきて」

NARAの一人が古い自転車を会計士にあたえた。

「南西へ半日走ればダラス都会に着くよ。内なる野生を発露させたきみに敬意を表して」

会計士は解放されたことがまだ信じられないようすだ。ペダルを踏みはじめ、異常な笑い声をたてて、転倒した。ショックで頭がおかしくなったのかもしれない。自転車を立てなおすと、また走りだした。

「さあ、あれが名誉だよ。オフィスの事務員が娘のために人を殺した。軽蔑してはいけない。きみたちはなんのために殺す？」クラレンスは僕らを指でしめして左右に振った。

「だれも想像しない形で彼は解放された。あとに続こう。どうする？　離脱か、死か」

きっと会計士が自由を確信するほど遠くまで行ったところで、クラレンスはその背中を撃たせるだろうと思った。しかし影はどんどん小さくなる。本当に解放したようだ。

もうすぐ僕の番になる。両親のことを考えた。死を目前にして彼らはなにを思ったのだろう。

「死ぬのが怖い」僕は牡丹にささやいた。

「怖がることあない。あたしはよろこんで死ぬよ」牡丹は答えた。

「よろこんで？」

「人生は博打さ。勝つか負けるか。負けたら仕舞い。来世で会いましょ」

NARAメンバーの二人が牡丹の服を脱がせはじめた。僕は見ていられなかった。しかし牡丹はクラレンスに堂々と言い放った。

「あんたはアメリカ人についてなにもわかっちゃいないよ。代表面《づら》してその名を汚すんじゃない」

「倫理と正義かい。おもしろい。かつては錦《にしき》の御旗《みはた》だったね。いまは薄汚れたぼろ布だ。

僕の友人を殺してからその旗を打ち振ったくせに」

「なんの話だい。あたしはだれも殺してないよ」

「右手は左手のしたことを知らない。でもおなじ体からはえている」

「なに下らないこと言ってるんだい」

「そう、きみは地獄へ下ってもらうよ」

クラレンスは腰の拳銃を抜いて、牡丹の頭を撃ち抜いた。

今度は僕が枷をはずされ、服を剝ぎとられた。さっきまで牡丹と話していたのに、信じられない。

クラレンスは牡丹の死体をしめした。

「きみは彼女の仲間だね。では、選択を尋ねるだけ無駄か。意思を尊重するよ」

拳銃を上げた。額に押しつけられた銃口がまだ熱い。しかしそこで中断された。

「それはなんだい？」

クラレンスは僕の腹を見ている。そこには例の鉤十字があった。

「これが？」

「きみはドイツの命令で働いてるのかい？」

「僕はラムズだ」

クラレンスは困惑顔で首をひねった。

「きみが従順な羊なのはわかるよ。でもそれはナチスの工作員としての偽装なのかな」

「僕は――」

そのとき大きな爆発音が響いた。なにかがバイオメカを攻撃している。NARAのメンバーたちはジャベリン級へ走った。

クラレンスは僕を見て、にやりとした。

「おやおや」

列車のむこうの岩壁に、千衛子の蟹メカがいた。そのうしろから三機の巨大な哨戒メカがのしのしと歩いてくる。大きさも強さもバイオメカに匹敵する。

到着があと数分早ければ！

僕はかすかな希望から牡丹に駆け寄った。しかし後頭部の射出口から脳が半分飛び散り、あたりは血だらけだ。顔をぬぐってすこしでも尊厳のある姿にしてやりたかったが、逆に血で汚してしまった。

牡丹の死が悔しい。本当に悔しい。なぜ僕でないのか。僕が死ぬべきだった。こうなったら生きる理由は一つしかない。復讐する。スパイダー、先生、レン、牡丹、オリンピア、犠牲になった他のラムズのために。

哨戒メカから女の声が響いた。

「こちらは日本合衆国鎮圧部隊である。武器を捨てれば生命は保証する。抵抗すれば武力で鎮圧する」

機甲軍でもっとも頑丈な装甲を持つ哨戒メカが、前進してバイオメカと対峙した。僕は脱がされた服をもとどおりに着た。

バイオメカから奇妙な音が聞こえてきた。見るとその腕から黒い霧が湧いているかのようだ。これが噂に聞く〝羽虫機〟か。プロペラで飛ぶ昆虫型の兵器。それが数百機も出てきて哨戒メカにむらがった。

哨戒メカは上体が大きく、腕もさまざまな兵装を装備できるように太く設計されている。羽虫機がむらがると、哨戒メカは青く帯電した拳を振った。それで簡単に羽虫機は追い払われた。攻撃されても哨戒メカの被害は軽微だった。

NARAは急いで隊列を整えた。先頭を率いるのは初めて見る奇妙なメカだ。赤、白、青に塗りわけられた派手なロボットで、頭に星マークがついている。動きはまるで翼のない鷲。首が長く、前かがみでよたよたと歩く。自動バランス系に障害があるのか、それとも意味不明な理由からわざとそうさせているのか。頭部には嘴《くちばし》のような形状の突起があってますます鳥に似ている。第一印象では強いのかどうかわからない。おそらく複数のメカから部品を寄せ集め、NARAの信条にそった形に組み立てたのだろう。彼らの昔の旗とおなじ三色がその証拠だ。側面には〝FDR〟の文字。アメリカ最後の支配者を記念した命名らしい。バイオメカの四分の一の背丈しかないFDRは、二十機のジャベリン級を率いて哨戒メカと戦おうとしていた。

ジャベリン級の最初の五機は鎮圧部隊にまったくかなわなかった。哨戒メカがジャベリン級の砲門を殴ると、機体ごと大きくへこんだ。他のジャベリン級も砲撃する暇さえなく叩きつぶされていった。わずかに撃った砲弾も哨戒メカの装甲には傷一つつけられない。羽虫機より無力だ。

初戦に敗北したジャベリン級はすごすごと後退した。かわってFDRが派手な塗装のミサイルを三発撃ってきた。哨戒メカは盾でミサイルをはじく。その爆発のあおりをくってジャベリン級一機が損傷した。

ジャベリン級は撤退し、FDRはバイオメカの背後に隠れた。獲物を倒すのは大型獣にまかせ、腐肉喰らいとしておこぼれにあずかる魂胆らしい。しかしバイオメカでもそう簡単にいくだろうか。

そんなことより僕に必要なのは脱出法だ。蟹メカへ逃げもどっても、予備発電機はBPGの再稼働に必要な電力を出せるだろうか。迷っていると、千衛子の蟹メカが僕をみつけてくれた。下ろされたラダーを昇る。

千衛子と詩人の姿を見てほっとした。あと三人の姿が見えないが、下ろしてきたのだろうか。

「レンはどこだ？」

千衛子は最初にそう訊いた。目はゴーグルに隠れているが、唇は心配そうにゆがんでいる。

ゆっくりと記憶が蘇った。NARAの兵士に殴られて意識を失う直前だった。返事をためらう僕を見て、千衛子はまた訊いた。

「どこにいるんだ？」

「ごめん」

「ごめんて、どういうことだ？」

「ブリッジにいて……脱出しようとしていたらNARAが乗りこんできて、そして……彼は撃たれた」

「おまえの蟹メカはどこだ？」

僕はおおまかな方向を指さした。ナビゲーションで正確な位置を特定し、千衛子はそちらへ急いだ。

僕は通信席の詩人に訊いた。

「ダラスまでどれくらいかかった？」

「実際はダラスまで行ってない。途中であの哨戒メカたちと行き会った」

「そんなところでなにしてたんだ？」

「僕らを待っていたみたいだ」

クランスによれば列車の積荷は枕の材料だった。さらに哨戒メカが待機していた。となると、僕らは囮だったという推測は正しそうだ。しかしなんのために？　バイオメカをおびきだすためか？

そう考えると小さく冷たい怒りが生まれ、しだいにふくらんでいった。

詩人が僕の肩を叩いてタオルを握らせた。どういうことかと思ったら、詩人は僕の手を見ている。牡丹の血が乾いてこびりついている。詩人は飲料水も差しだしたが、僕は断った。

「衛生は大事だよ」

「まだいい。それより、なぜ二人だけなんだ？」

「あとの三人は哨戒メカに移った。千衛子はレンを探すために引き返したんだ。哨戒メカには戦闘があるから救助まで手がまわらないだろうと予想してね」

「きみは？」

「今日の結末を目撃しないと詩を書けないだろう」

勇敢なのか、頭がおかしいのか。世の詩人は両方なのかもしれない。

横転した蟹メカは遠くなかった。そばに着くと、千衛子は操縦装備をはずしはじめた。

詩人が言う。

「下りるのはよくないよ。なにかあったらどうするんだ。僕じゃ操縦できない」

聞こえているのかいないのか、千衛子は返事をせずハッチへむかった。僕はあとを追ってラダーを下りた。千衛子は壊れた蟹メカの内部へはいっていった。

僕もはいろうとしたとき、金属の破壊音が聞こえた。列車のむこうでバイオメカが哨戒メカの隊列に正面攻撃をかけていた。漆黒の怪物は異様な速さで走り、先頭の哨戒メカにつかみかかった。背びれのようなものはバランスをとって敏捷さを増すための構造らしい。バイオメカは哨戒メカの頭を引っぱり、首に融合剣をあてて胴体から切り離そうとしはじめた。ケーブル類が次々と切れ、火花を散らして暴れる。BPGの配管が切れても、頭はまだはずれなかった。有機材料でできたバイオメカの表面が筋肉のように波打ち、盛り上がる。まるで独自の知性を持つように構造の内部で移動する。哨戒メカの鋼鉄の装甲や各部で明滅する光とは対照的だ。

バイオメカの動物的な狂暴さが、侍の忍耐と慎重さを圧倒しはじめたようだ。ナチスの怪物が哨戒メカの腹を蹴ると、その腹部装甲が足の形にへこんだ。バイオメカは蹴りつづける。哨戒メカの僚機二機は味方を傷つけずに掩護しようと、右往左往している。

ついにバイオメカが哨戒メカの頭を引きちぎった。僕はあっけにとられた。二機の僚機も茫然としたように動きを止めた。哨戒メカは防御専用のとりわけ頑丈な設計で、僕が勉強したかぎりでは戦闘で失われた機体は一機もない。その不敗伝説がいま終わった。

バイオメカはその頭を放り捨て、拳を丸めて首の開口部に叩きこんだ。首から下の内部構造が破壊される。さすがに乗員の命はあるまい。自動バランス系のおかげで倒れないが、バイオメカはすでに興味を失い、他の二機にむかっていった。かわりに羽虫機が穴にたかった。生存者がいたら始末するのだろう。

皇国のメカがあっさりバイオメカにやられたことに、僕は衝撃を受けた。

次の哨戒メカは両腕を上げた。手首が回転してはずれ、あらわれた二つの砲門から酸性弾が発射された。酸性焼灼弾は過去の戦闘で有効だったはずだが、このバイオメカには効かなかった。ドイツ軍は防御法をみつけたらしい。哨戒メカは通常砲弾に切り替えて雨あられと発射した。バイオメカの胸は穴だらけになってよろめいた。二機の哨戒メカは敵が弱ったと見て近づいた。

僕は自分の蟹メカによじ登ってブリッジにはいった。千衛子はレンのそばにいた。レンは頭を二発撃たれ、息はない。千衛子はそれを抱きかかえている。泣いてはいない。目は怒りで燃えている。僕はスパイダーとオリンピアを見たが、やはり首はねじ曲がったままだ。くそ。

「約束を破ったな」千衛子が僕に言った。

「最善はつくしたよ」

「おまえは生きてる！　自分は生き残って、同僚を見殺しにした！」千衛子は叫んだ。「そうじゃない。守ろうとしたんだ。本当に」

「じゃあなぜみんな死んで、おまえだけが生き残ってるんだ」

「千衛子」

「あたしの名を呼ぶな！」レンの遺体を抱き寄せる。「おまえが離脱しろと言ったんだ。むしろ残って助けるべきだった」

「そうしたらきみも殺されていた」

「あたしが死を恐れるとでも？　命などいつでも捨てる。あたしが戦線を離脱したのは、おまえを信じたからだ。一時離脱することで、より多くの命を救えると思った」

「僕もそう思ったよ」

「しかしまちがいだった」

否定できない。

「バイオメカが――」

「バイオメカなんかどうでもいい！」

「バイオメカがいま哨戒メカを倒した」

驚いたようだが、すぐにもとの怒りに支配された。

「あたしはここで死んだっていい。すくなくとも名誉ある死だ。友人を見捨てたりしない」

「僕は見捨ててない。きみは状況を見てないんだ」

「見るべきものは見た」千衛子は憤然と答えた。

「どうしようもなかったんだ。待ち伏せ攻撃だった」

「すくなくとも反撃できたはずだ！」

「やったやつにいつか仕返しするよ」

「仕返し？」千衛子は苦々しく辛辣な調子だ。

「このブリッジを見ろよ。僕はＮＡＲＡにやられるまえに再起動しようと必死だったんだ」

「動いてるじゃないか」

僕はコンソールを見た。予備発電機のおかげでＢＰＧが再稼働しはじめたらしい。機内には電力がもどっていた。

「千衛子、クリーム！　敵が来る！」通信機に詩人の声が響いた。

僕は機体の亀裂から外をのぞいた。こちらへやってくるのはＦＤＲだ。

そのむこうではバイオメカと哨戒メカが格闘している。バイオメカの皮膚は攻撃を受けて穴があくが、しばらくすると再生して閉じる。打撃のたびに地面が揺れる。哨戒メカは、肩のうしろ側に機体名が書かれていた。フカ號だ。イジーとオーウェルが乗っているのだろうか。

僕は振りむいて千衛子に言った。

「NARAのメカがやってくる」

「レンを撃った連中か？」

「そうだ」

千衛子は立ち上がり、大股に自分の蟹メカへもどった。僕もついていこうとしたが、怒鳴られた。

「あたしのメカに足を踏みいれるな」

僕はラダーから下りた。千衛子がハッチにはいろうとしているときに、FDRが砲門からミサイルを発射した。砲弾とミサイルを入れ替える機構を持っているらしい。砲口から出てすぐにフィンを広げ、ロケットに点火する。千衛子がハッチを閉じた直後に着弾した。下から見ても被害の程度がわからないので、自分の蟹メカに駆けもどって詩人に呼びかけた。

「大丈夫か？」

「僕は大丈夫だよ、ありがとう」答えたのは、楽しげなクラレンスの声だった。「普通だったら戦力差から抵抗は無駄だと忠告するところだけど、今回は投降をすすめないよ。なぜなら降伏しても殺すからね」

千衛子の蟹メカは微動だにしない。

裏返しになった蟹メカを操縦するのは難しい。僕は電卓をとって遠隔操作プログラムを立ち上げた。ナビゲーションと兵装の画面を呼び出す。インターフェースは直感的でなく、操作しにくいが、しかたない。

千衛子の蟹メカと安全な通信チャンネルを確立できないか調べた。しかし接続できない。かわりにべつの機体と接続できた。視野が出てみると、列車の最後尾車両に固定されている五機目の蟹メカだとわかった。コクピットは無人だ。

この蟹メカを遠隔操作できないだろうか。損傷はあるのか。電卓上で見えるのは兵装系だけだが、それでも充分かもしれない。自爆機構の入力シーケンスもある。第五の蟹メカはまだ列車の上にある。これを自爆させれば連鎖反応が起きて、列車全体が吹き飛ぶ。しかし列車を守れというミッションだったのに、これでいいのかと疑問が湧く。

千衛子の蟹メカはまだ動かない。まさか負傷したのか。FDRは接近してくる。ナビゲーション画面によるとジャベリン級は列車のまわりにいる。

僕は深呼吸して、スパイダーとオリンピアとレンを見た。

怒りで迷いが消えた。時間の流れが遅くなった。

僕は強制命令を入力して、第五の蟹メカの自爆機構を発動させた。即座にBPGで破壊が起きて、蟹メカが内部から爆発する。火薬類が爆発力を強める。最後尾の車両が誘爆し、火のドミノのように前方へ連鎖していく。連結されているせいで破壊が大きくなる。積荷の羽根がそこらじゅうに舞い、破片や列車の部品が雨のように降ってくる。

爆発でFDRはよろめいた。列車のそばにいたジャベリン級四機は破壊され、他の五機も被害を受けた。

次はこちらの攻撃だ。なんとかやらなくてはいけない。動く脚は四本しかない。しかし、たとえ六脚そろっていても裏返しの蟹メカを操縦するのは難しい。

「なんてことをしてくれたんだ！」クラレンスが叫ぶ。

「次はおまえの番だ」だれに聞かれてもかまわない気分で言った。

「そのお約束のセリフを聞いたのは二十八回目、いや二十九回目だよ。ひとまずほめてあげよう。秘策があったんだね。でも僕が列車に近づくまで待つべきだった。そうすれば僕も巻きこめたのに」

「いつも癇に障る話し方だな」

クラレンスは耳ざわりな声で笑った。

「敵を苛立たせるのが趣味でね」

蟹メカの脚を回転させる命令を電卓に入力した。死んだゴキブリのように空中にむいた脚を、地面のほうへまわしていく。接地したところで、慎重に胴体を持ち上げた。うまくいった。バランスもとれている。一歩、もう一歩と進む。すべて逆の動作なので混乱しそうだが、正しくやればうまくいくはずだ。

FDRがミサイルを四発撃ってきた。

列車の反対側へ蟹メカを急がせる。電卓ごしに脚を一本ずつ手動操作するのは大変だ。しかしミサイルが飛んでくるのでしかたない。列車の残骸をまたぐ。僕のそばに大穴があいているが、装甲が炎を防いでくれることを期待した。亀裂からはいった煙がブリッジに充満する。思わず咳きこむと、鼻が煙くさくなった。

一発目のミサイルは、隣にある車両の残骸にあたった。こちらは移動を続け、残りのミサイルは列車の残骸のせいでロックオンできなくなった。それはおたがいさまで、こちらもスキャン画面は乱れ、視野は炎と煙でおおわれた。僕は咳きこみながら酸素マスクを探した。いつまでもここに隠れていると肺をやられる。

「ずっと隠れていられるわけないだろう」クラレンスが言った。

もちろん無理だ。しかし相手が話しかけてくれれば、電波の発信源を三角法で測定して位置を特定できる。

クラレンスは続けた。

「僕もおなじやり方で皇軍兵士から隠れたことがあったよ。そのうち忘れてくれると期待してね。一部はそうなったけど、暗殺者のブラディマリーは忘れなかった。僕の判断ミスのせいで家族が犠牲になったんだ」

位置が読めた。真正面だ。意表をついてとらえようと、煙から飛び出した。ところがいない。ＦＤＲはさらに数米《メートル》むこうにいて、大砲をかまえている。撃たれて、こちらの装甲に新たな穴があいた。

クラレンスが笑った。

「甘く見ないほうがいいよ」

挑発してくるが、僕は無視した。

機敏さが蟹メカの強みなのに、いまはそれが使えない。残る手段は一つだけだ。FDRに突進し、防御をかわして体当たりして、前脚でその腰をかかえこんだ。なにかしら撃ちたいが、電卓での操作はメニューをいくつもたどる。しかも機能が停止していた。さっきの砲撃で配線が切れたのだろう。僕は深呼吸して、自爆機構の作動を入力した。ところがこれも動かない。もう一度操作すると、今度は有効になった。電卓は自爆命令を送信した。しかしBPGが起爆しない。

万策尽きて、FDRの腰を放し、前脚でその側面を殴りはじめた。FDRの腕には小型の盾がついていて、それで防御された。力まかせの殴りあいになった。しかしこの戦いは蟹メカが不利で、押し返された。FDRは脚を上げて踏みつぶしにかかる。蟹メカの膝が崩れ、地面に叩きつけられた。

殴りながら、クラレンスがしゃべった。

「戦ったら、蟹が食べたくなったよ。昔ロサンジェルスに、でっかいアラスカキングクラブの脚を特製のケイジャンソースで食べさせる店があったんだ。あれを食べると下痢するんだけど、耐える価値はあるね。またＬＡに行って食べたいな」

ＦＤＲは蟹メカの脚をつかんで、巨大なハンマーで殴りはじめた。僕は千衛子の蟹メカを見た。やはり不動状態だ。ＦＤＲはこちらの第四脚を引きちぎった。

「お忍びでＬＡに食べにいっても大丈夫かな？」

僕は目を閉じ、鼻からゆっくり息を吸った。死ぬ覚悟はできている。しかしこいつを道連れにしないと意味がない。

診断系でヒートガンの状態を見た。一発分の電力は残っている。しかし一発でたりるだろうか。千衛子が手伝ってくれればいいのだが。

状態がわからないので通話装置で呼びかけ、メッセージを送ってみた。詩人の返事はない。五機目の蟹メカのやり方を思い出して、千衛子の機体の電卓に接続してみた。操縦はできないものの、兵装系にアクセスできた。ヒートガンを探し出し、ＦＤＲに照準をむける。

僕は初めて返事をした。

「このメカを潰しても、他のメカにやられるぞ」

「おいおい、戦況がわかってないようだね」

「なんのことだ？」とぼけながら、ＦＤＲの背中に照準をあわせる。

「形勢は逆転したと言ってるんだよ」

「ああ、たしかにそうだ」

千衛子の蟹メカがヒートガンを発射した。ＦＤＲが徴候を探知してかわそうとする。僕はその動きをのがさず、脚に飛びついて押さえこんだ。動けなくなったＦＤＲを熱線が襲い、頭部の半分と右腕が吹き飛ばされた。

すかさずこちらの蟹メカもヒートガンを開き、敵の胸の中心を狙って撃った。全電力を失ってブリッジが機能停止する。視野も消える。機体の裂け目に駆け寄ってＦＤＲを見上げた。どてっ腹に大穴があき、電力が漏れて火花が散っている。

その背面からクラレンスが脱出しているのが見えた。片腕を失い、血を流している。

蟹メカに最小限の電力がもどってきた。動かそうとしたが、ＦＤＲとからまってはずれない。

そのとき、むこうの機体の異常な徴候をセンサーが探知した。出どころを探すが、電卓ではわからない。なにかをカウントダウンしている。

ＦＤＲの自爆機構だ。

スパイダーとオリンピアとレンをもう一度見た。僕もここで死ぬべきかもしれない。しかしまだクラレンスにとどめを刺していない。僕は穴から這い出て、脚をつたって地上に飛び下りた。あとは全力で走る。

クラレンスにはジャベリン級が近づき、ラダーを出した。指導者を収容したジャベリン級は急いで退避していった。

僕の背後で自爆機構が作動し、両方のメカが吹き飛んだ。衝撃波に襲われた僕は数米《メートル》吹き飛ばされた。砂が口にはいり、岩に顔をぶつけ、意識が飛んだ。


徐々に意識をとりもどした。最後に目覚めたきっかけは、化学物質のプレートと人造の骨格構造がこすれる不協和音だ。目を開くと、バイオメカがこちらを見下ろしていた。手には切断した二機の哨戒メカの首級《くび》がある。片方はフカ號だ。

僕は立とうとした。しかし脚が動かない。逃げられないとわかっていても、思わずあとずさった。哨戒メカが三機ともやられるなんて。自分が死ぬ恐怖よりも衝撃的だ。もう勝ちめはない。

とはいえ、この数時間で死の瀬戸際を十回くらい経験した。クラレンスを取り逃がしたとはいえ、その乗機を破壊した。ここまでだとしても悔いはない。最善をつくして負けたのだ。

バイオメカの皮膚は爬虫類にも昆虫にも似ている。黒い体節のあいだからときおり赤い組織がのぞく。こいつが一歩踏み出せば踏みつぶされる。苦痛はあるにせよ死は瞬時に訪れるだろう。バイオメカに表情はない。鼻と顎が一体化し、目があるべきところはバイザーのような板になっている。フカ號の首級を見て、これが皇国にとってなにを意味するかを考えた。

もう逃げ隠れはしない。起き上がってすわり、時代物のゲームで見た切腹のポーズをとった。

しかしバイオメカは襲ってこない。こちらを見ているのはたしかだ。生きる希望をちらつかせて嘲笑しているのか。いまさら逃げはしない。絶体絶命だ。いさぎよく死んだほうがいい。

対峙は長く続かず、バイオメカは意外な行動をとった。背をむけて去っていったのだ。

いったいなにが起きたのか。なぜまだ自分は生きているのか。

よろよろと立ち上がった。高ぶった神経をなんとか鎮める。

千衛子の蟹メカに駆け寄り、ラダーを昇ってハッチを叩いた。返事はない。ハンドルをまわして開き、なかにはいった。詩人が短刀をかまえている。

「クリームか！」ほっとしたように詩人は叫んだ。

「千衛子は？」

詩人は隅をしめした。千衛子が倒れている。ひどい負傷で意識がない。

「ミサイルの衝撃で頭を打ったんだ」詩人は説明した。

「通話の呼びかけになぜ返事をしなかった？」

「死んだふりだよ。きみがもしやられたらと思って」

「逃げればよかっただろう」

「一人で操縦するのは無理だ」

詩人はまるで別人のような顔をしていた。その目に浮かぶ恐怖には同情をおぼえる。僕はゴーグルとグローブをつけた。座席は体形にあわせて自動調整される。ナビゲーションをパイロット用インターフェースに変更しダラス都会へのルートを計算させた。機体の状態はいい。手が疲れているので自動運動系を設定した。

列車の残骸はまだ燃えている。急いでそこを通りすぎ、線路脇の斜面を登った。上には三機の大きなメカの残骸がころがっている。どれも首を打たれている。

「メッセージが入電した」詩人が言った。

「ドイツ軍からか？」

「メカの生存者だよ。位置を送る」

ここから遠くない。倒れたメカの脚を迂回しながら、装甲の破損状況を見た。胴鎧の下半分がちぎれ飛び、内部の機械が露出している。

地上の生存者を二人みつけ、すぐにそばへ行ってラダーを下ろした。乗ってきた一人はオーウェルだった。僕に鉤十字の焼き印をしたやつだ。もう一人は女性少佐で、骨折したらしい腕をありあわせの三角巾で吊っている。どちらの顔も泥と血で汚れている。

「きみは？」

少佐から尋ねられた。メカパイロットらしく短髪で、眉の形も整っている。落ち着いて無表情に話す。

「はい？」

「名前だ。なんという？」

長いことクリームと呼ばれていたので自分の名前を忘れかけていた。

「不二本誠《ふじもとまこと》です」

「荒俣守《あらまたもり》です」

詩人が答えるのを聞いて、いままで本名を知らなかったことに驚いた。

「少佐殿のまえだぞ。起立しろ」

オーウェルが僕らに命じた。どうやら僕のことに気づいていないらしい。大きなゴーグルで顔が隠れているので無理もない。こいつにつけられた鉤十字の焼き印のおかげで、窮地に猶予ができて偶然にも生き延びられた。そのことを思い出したら、敵意も薄れた。いまは逆に彼の命を救う立場になっているのが皮肉だ。

少佐は部下を制止した。

「儀礼はいい。救助を感謝する。わたしは水神越子《みずかみえつこ》。こっちはオーウェルだ。すみやかにダラスに帰って詳細を報告したい」

言われるまでもなくダラスへ急いでいる。さらに訊かずにはいられなかった。

「列車が襲撃されることをご存じだったのですか？」オーウェルが怒鳴った。

「少佐殿に質問するとは、立場をわきまえろ！」「諸君は機甲軍ではないからな。答えを知りた
「よい」少佐はオーウェルをたしなめた。「諸君は機甲軍ではないからな。答えを知りたいのはこちらもおなじだ。真実をいえば、確信はなかったものの、襲撃は予期していた」

「なぜですか？」

「ドイツ軍の新型バイオメカについて噂を耳にしたからだ。実際に見て確認したかった。しかしあれほど強いとは予想外だった。それであれいう事態になった」

「自分たちはRAMDETの訓練生です。軍人ではありません」

「だからこそ標的にふさわしかった」

やはり意図的だったのだ。データ収集のための捨て駒にされたのだ。二人とも外に放り出したくなった。しかし彼らも命令に従っていただけだと思いなおした。

行く手は見渡すかぎり平坦だ。走りやすいが、隠れるところがない。五粁《キロ》進んだところで後部スキャン画面に複数の反応が出た。大きさと速度からジャベリン級らしい。

「どうした？」少佐が訊いた。

「ジャベリン級が数機、追ってきていますね」

「敵に背中を見せるのは軍人の恥だ」オーウェルが言った。

こいつが恥や名誉を語るとは片腹痛い。

「僕は軍人じゃないので」

「なんだと？」

「言葉どおりだよ。あんたに名誉を語る資格はない。僕にあんなことをやっておいて。文句があるなら下りればいい」

「貴様、どこかで会ったか？」

「憶えてすらいないだろうね。仲間とつるんでの夜討ちなんて卑怯なまねしかできないんだから」

「立て！」

そのとおりに立って、ゴーグルをはずしてやった。オーウェルは瞠目している。

「ブリッジから追い出したいところだけど、今日は死体を見すぎたから勘弁してやる。すわって口を閉じろ。でないと本当に追い出すぞ」

「オーウェル！」少佐が声を荒らげた。「貴様は蟹メカを操縦できるのか？」

「できません、少佐」

「ならばすわって黙れ。われわれの命は誠くんにかかっている」

オーウェルは不愉快そうに従った。

「許せ」

少佐は謝って、頭まで下げた。オーウェルの言動以外の意味もふくめているようだ。

僕はすわってゴーグルをつけなおした。

ジャベリン級の速度は本来なら蟹メカにかなわない。しかしスキャン画面の三つの反応は意外なほど速かった。死にものぐるいで追跡しているらしい。とはいえ蟹メカにすぐには追いつけない。そこで地対地ミサイル《SSM》を撃ってきた。

蟹メカがよけるのは難しいし、電子対抗技術もこの場合はあまり効果的でない。後部砲をＳＳＭにむけ、自動照準でロックオンして撃った。三発を撃ち落としたが、四発目が弾幕をすり抜けて接近してきた。目前で混乱させようとチャフ弾を撃った。これがうまくいって、ミサイルは蟹メカまで届かず地面に着弾した。

ほっとした瞬間、前脚が大きな岩につまずき、メカはつんのめりかけた。あやういところで自動バランス系が介入して姿勢を回復した。パイロットと砲手が分担制になっている理由を痛感した。攻撃と操縦を同時にやるのは難しい。

追手はミサイルをどれだけ残しているのか。充分に持っているなら防御は苦労する。なにしろ三機がいっせいに撃ってくるのだ。平坦な地面は走りやすい一方で掩体がない。敵の照準を妨害しようとジグザグに走れば速度が落ちる。

ナビゲーション画面を見ながら、近くに隠れられる地形を探す。操縦しながら、後部装甲の脆弱点の有無を確認する。すきを見て砲撃もする。地図はどんどん流れていく。手助けがほしい。

「詩人、ナビゲーションを見て丘を探してくれ」

「ナビゲーションは壊れてるんだ」

「手伝おう」少佐が言って、非常用の展望鏡を使いはじめた。「逃げきれないという読みか？」

少佐はこちらの考えがわかるようだ。

「はい」

一分後に少佐は言った。

「八粁《キロ》西によさそうな地形があるぞ」

僕はコースを変えてそちらへむかった。

「ずいぶん早いお帰りだね」

通信機から声がした。クラレンスの再登場だ。

「長逗留は嫌われるからな」僕は答えた。

「お代はきっちり頂戴するよ。あのFDRは製作にとても時間がかかったんだからね。三年だよ。三十台のメカから部品やフレームを剝いだり盗んだりして、あの美しい姿に組み上げたんだ。それをきみに壊された。まったく失礼な客だよ」

少佐がみつけた丘陵地は身をひそめるのによさそうだ。三機に包囲されずに戦える場所もある。遠距離から狙撃される心配もない。

たどり着くと、ジャベリン級と誤認したメカたちも追いついてきた。実際にはアメリカ製メカだ。それぞれ異なる武器をとりつけている。フィルモアと機体名が書かれたメカは巨大なチェーンソーを振り上げた。ベルモントと称するのは電撃鞭だ。三機目は青い書体でスペンサーと書かれ、飛び出す鉤爪を持っている。いずれもFDRと同様のキメラだ。異なるメカの部品を切り貼りしていて、デザインの統一性がない。組み合わせが悪いところでは機能を優先し、不格好な突起は放置されている。

フィルモアがまずチェーンソーで襲ってきた。僕は肩を切られる寸前で腕を上げ、その手首をつかんではねのけた。ふたたび突進してきたところで腕をつかみ、勢いを利用してベルモントに突っこませた。ベルモントは鞭でかわそうとしたが、チェーンソーで鞭も胸甲もざっくりと切られた。僕はフィルモアにまわりこんでその足をひっかけ、勢いをつけてベルモントにぶつけた。

「ひどいことをするなあ」クラレンスの声が聞こえた。

スペンサーが鉤爪を発射して、僕の脚の一本に引っかけた。引っぱられると脚は伸びきり、蟹メカは前のめりになる。しかたなくその脚は切り離し、五本脚で姿勢を立てなおして、スペンサーに突進した。

フィルモアはようやくベルモントの胸からチェーンソーを引き抜き、ふたたび襲ってきた。

いちかばちかの戦法で、僕はスペンサーの脚に飛びついた。もちろん両方の体重をささえられるわけはないが、勢いを利用してスペンサーの背後にまわり、チェーンソーに対する盾にしようとした。フィルモアは横からまわりこもうとする。僕はスペンサーの背中を押しやり、自分はわざとうしろに倒れた。

ブリッジではみんな座席でベルトを使っている。機体が地面にぶつかる直前に脚を回転させ、裏返しで衝撃を吸収した。チェーンソーはスペンサーの脇腹を大きくえぐった。

こんなところで死ぬわけにいかない。こんな連中の手にかかるわけにいかない。バイオメカやその他のさまざまな敵をかわして生き延びたのだ。怒りと勝利への執念が、僕の感覚を変化させた。時間の流れが遅くなった。ＮＡＲＡの連中の動きがわかる。あらかじめ予測できる。

読みやすいフィルモアの攻撃をかわして同士討ちをさそう。敵の僚機が一定の痛手を負ったので、そろそろフィルモアを片付けようと考えた。ところが決戦になるまえに、ベルモントとスペンサーが自分たちのリーダーに突進して殴りはじめた。同士討ちばかりに苛立って、仲間割れが起きたのだ。

放置して退散すべきか。しかしとどめは刺そう。千衛子との約束だ。

安全なところまで退がり、蟹メカのブリッジを正常なむきに返してから、ヒートガンを用意した。三機を串刺しにできる角度を慎重に探して、発射した。ブリッジは数秒間の停電にはいる。電力が復旧してみると、三機のキメラはすべて停止していた。どれも大穴があいている。次発を準備していると、一機が爆発し、他の二機も巻きこまれて吹き飛んだ。

「大勝利だ。しかもいい手際だ」水神少佐が言った。

「ありがとうございます」

ダラスへのルートをあらためて設定した。レンの仇をとれてよかった。しかしダラスに帰り着くまで気は抜けない。

さいわい帰路は平穏だった。みんな無言だ。僕はNARAの追手を警戒して、後方カメラばかり見ていた。結局、次の追手は来なかった。

数時間が、長い一分のくりかえしのように感じた。蟹メカのあらゆる一歩と地形のあらゆる起伏を肌身に感じる。機体と自分が一体化している。五脚しかないのに、六脚のときより速く走っていた。

ダラス都会をかこむ市壁が見えてきて、初めて蟹メカの速度を落とした。安堵と疲労に襲われた。しかしそれはつかのまで、安心するのはまだ早いとべつの自分が叱咤した。ドイツのバイオメカが追ってくるはずだ。あのとき殺されなかったのはそのためにちがいない。敵の計略の一部だ。

詩人がダラスと連絡をとった。少佐が名乗り、衛生班の待機を要請した。

後方カメラに敵影はない。多くの死体や、両手についた牡丹の乾いた血の記憶を頭から消そうとした。

ふいに肩に少佐の手がおかれ、はっとした。

「よくやった。メカを停止させていいぞ」

外には衛生班が待っている。外部カメラ映像で見ると皇軍兵士だ。味方の軍服だからといって本当に味方とはかぎらないのではないか。しかし少佐は気にするようすもなく出口へむかっている。

「今日のことはすごい詩に書けそうだよ」詩人が言って、急いでそのあとを追った。

オーウェルもやってきた。また皮肉っぽいことを言ってきたら殴ってやろうと身構えた。しかし彼は深々と頭を下げた。

予想外の態度だが、この腹の焼き印が消えるわけではない。先に下りろと手を振った。オーウェルはラダーを下りていった。

僕は急いでカメラ画面にもどって確認した。バイオメカはいない。NARAのメカもいない。僕も下りたほうがいい。しかし安全な機内から出るのが怖かった。皇軍メカがナチスの巨大メカから守ってくれるはずだと思っても、安心できなかった。操縦席にもどってベルトを締めて震えた。このまま蟹メカで遠くへ逃げたかった。

衛生班が上がってきて、千衛子をみつけて搬出した。

兵士の一人から声をかけられた。

「不二本さん。外に救急車を用意しています」

スパイダー、先生、レンのことが頭に浮かんだ。みんな死んだ。現実感がない。こんな気持ちはいやだ。

べつのだれかの声がした。

「ショック状態だな。鎮静剤を投与しよう。いいかい、すこし痛むが――」

僕が死ぬべきだった。彼らではなく。

8

丈山《たけやま》先生は手早く僕を検査、診断した。瞳孔を調べ、口腔内をのぞき、体にリアルタイムX線装置をあてて電卓で画像を見る。気分はどうかと尋ねられた。

「生きてます」僕は答えた。

「筋肉の損傷と軽い火傷があるけど、これはすぐ治るわ。温浸ジェル療法を用意するわね。ナチスにつけられた火傷痕は除去しておいた。今後四日間、一日八時間ジェル槽にはいること。それで全快する」

丈山先生のあとは、軍関係者が次から次へとやってきて質問を浴びせた。任務中になにがあったか、なにを見たか、どうやって生き延びたか。できるだけ答えたが、細部を思い出すのがとても苦痛だった。曖昧になると質問がくりかえされ、細大漏らさず確認された。軍人たちはおおむね丁重な態度だったが、それでもうんざりした。

腹が立ったのはRAMDET職員の言いぐさだ。

「蟹メカを自爆させて列車全体を誘爆させるなど、だれの許可でやったのかね？」

僕は年配の職員をにらんだ。スーツに楕円の眼鏡のいかにも事務職員という男だ。訊き返してやった。

「軍がバイオメカをおびきだすために僕らの命を危険にさらすことを、だれの許可でやったんですか？　列車にはたいしたものは積まれていなかった。先生はミッション中止を求めていた。なのにあなたがたは、囮だと知りながら積荷は重要だと主張した。そのせいで友人たちは死んだ。列車なんて知ったことか。次もおなじように爆破してやる！」

職員は僕の剣幕に気圧されて、どもった。

「き……きみの主張は根拠がない」

「そう思うなら質問しなくていいでしょう」

この職員もその仲間も殴りたかったが、全裸でジェル槽に浸かっていたので思いとどまった。

翌日はべつのRAMDET職員が来た。またばかげた質問かと思ったら、今度はべつの話だった。

「もうすぐ卒業式だね」

そんなことはすっかり忘れていた。本当にやるならお笑いぐさだ。同期は三人しか生き残っていないのだ。なのに卒業を祝えと？　僕が不機嫌に黙りこんでいる一方で、職員はぺらぺらとしゃべった。明るい将来が待っているという。

「専用の機体を操縦できるようになるはずだ」

さっさと消えてほしい。

それでも今後の身の振り方を考えるきっかけにはなった。ラムズの正社員になるのはお断りだ。スパイダーの言うとおり、僕らは体裁のいい警備員にすぎない。こんなところにそもそも来るべきではなかった。囮にされたという事実が耐えがたかった。僕の命はそれほど軽く見られているわけだ。

再生ジェルのなかを漂いながら、メカパイロットになりたいという子どもっぽい夢が元凶なのだと思った。この夢のせいで苦労し、嘲笑され、悲劇にみまわれた。ＲＡＭＤＥＴからも夢を利用された。メカに乗せてやればなんでもするとみなされた。身の丈にあわないことを願ったために人生を無駄にした。

ＲＡＭＤＥＴの職員はしつこく調査に訪れた。僕の行動による金銭的被害を説明しようと会計士まで来た。彼女は列車を意図的に破壊したことの被害額を詳細に算定してみせた。

「なんのためにこんなことをしたのですか？」会計士は訊いた。

「だから……テロリストをできるだけ多く殺したかったんだよ」

「実際に死亡したテロリストはごく少数で、費用対効果を考えると逃げるべきでしたね。数字を見せましょうか？」

「数字なんて見たくない」

「あなたはどこへも行けないし、入院しているかぎり費用が発生するんですよ」

会計士は電卓を手に、蟹メカ、弾薬、燃料、人的資源、列車の部品、その他もろもろを声に出して計算しはじめた。その指が電卓の画面を押して数字を入力するたびに癇に障る。

「僕らがなにをしても金銭がからむと？」

「慈善ではなくビジネスですから」

回復したらRAMDETなんかすぐ辞めてやる。


患者用の電卓で暇をつぶした。ニュースはあえて読まなかった。個人的なメッセージはほとんど来ない。気晴らしに『キャット・オデッセイ』の町を歩いてみたが、いまの僕にこんな仮想の世界はものたりなかった。

ジェル療法は風呂にはいるようなものだが、温度はあまり高くないし、ゼラチン状の化学物質には肌を刺激する成分もふくまれている。回復のために朝から晩まではいらされた。おかげで葬儀には行けなかった。国葬は神道の神職によって執りおこなわれ、市の要人のほとんどが参列した。新総督も後日弔問予定だという。大本営（東京参謀本部）の代表団も訪れた。殊公《ことひと》戦争相から皇軍戦死者への弔辞が読まれたが、軍人でない僕らラムズへの言及はなかった。式次第の一部は電卓で見た。国葬を見るのは初めてではないが、自分がその戦闘にかかわったとなると感想も変わる。

山崗大佐の演説は、テクサーカナ行きの列車の車内で聞いたものとよく似ていた。

「彼らの暴政にどこまで耐えねばならぬのか。これは民間人を狙った傍若無人な攻撃である。そのためにわが機甲軍の勇敢なる兵士たちが犠牲になった」

対独開戦は不可避だと看護師たちがささやきあう声が聞こえた。僕は、千衛子と詩人はどうしているだろうと思いながら、電卓の音楽を聴いた。世界の終わりを嘆く陰気な合唱曲がいまの気分にぴったりだった。

ジェル療法は安眠効果もある。多くの実戦経験者は睡眠中の脳裏に前線の経験が生々しく再現され、眠りをさまたげられるというが、僕はそのような悪夢には悩まされなかった。

動揺するのは他の患者を見たときだ。頭に銃弾を受けたのか、内臓が露出したのか、皮膚や組織を焼かれたのか。くりかえし再利用されるNARAのメカとおなじだ。彼らは小さなことにこだわって苦しい治療に耐えている。しかし人間の命は特別ではない。生物学的プロセスはささいなことで停止する。

他のことを考えるようにした。戦闘のことは思い出したくない。自分のミスや仲間を死なせずにすんだはずの方法など、いまさら考えたくない。感情が揺れ動いた。先生が命令にそむいて撤退してくれればよかった。スパイダーが腕の不調で操縦を交代しろなどと言いださなければよかった。攻撃される直前にもっと慎重に進路を検討していればよかった。手に血がついている気がして何度もくりかえしこすっているうちに、肌が荒れて指の皮がむけた。秀記やラムズの仲間たちに会いたかった。

治療最終日に、ドアにノックの音がした。あらわれたのは千衛子で、驚いた。青ざめ、痩せたようすだ。目が死んでいて、その気持ちはよくわかる。

「具合はどうだ？」彼女は訊いた。

「いまいちだね。きみは？」

千衛子はため息をついた。

「あたしは、その……なんていうか……戦場でわれを忘れて……ひどいことを……」

思い出すのがつらそうだ。

「そんなことはないよ」僕のほうが謝りたかった。しかしその資格がない。自分の失敗の重みに圧倒され、千衛子の言葉が胸に刺さった。「きみに……戦線離脱を指示すべきではなかった」

「自分で行くと決めたんだ。他人のせいにはできない」千衛子はこちらを見た。僕は目をあわせるのがつらい。「それに攻撃したのはおまえじゃない。ナチスとNARAだ」

あふれそうな思いをこらえ、千衛子の寛大な言葉に感謝した。

「ありがとう。いまさらだけど、あれをやったNARAの連中は始末したよ」

「聞いた」千衛子はまばたきして涙をこらえた。「葬儀には来なかったんだな」

「行かせてもらえなかった。きみは参列したのかい」

千衛子はうなずいた。

「レンのご両親に会った。亡くなった状況を尋ねられたけど、なにも知らなくて歯がゆかった」

「知ってるのは上の連中さ」

「どういうことだ？」

あの作戦はドイツのバイオメカを罠でおびきだし、RAMDETと軍の協調を確認するのが目的だったという、水神少佐の告白を説明した。

千衛子は首を振った。

「ばかげたことを」

「バイオメカの強力さを見誤ったんだ」

「責任者の首が飛ぶべきだな」

「でもうやむやになりそうだ」

「おまえはこれからどうする？」

「RAMDETは退職する」

なぜ辞めるのかとは訊かれなかった。

「あたしはパイロットになるために努力してきた。もうすこしがんばってみる」

「きみは最高のパイロットだよ」

「ありがとう」

もちろん僕の罪は消えない。消えることはありえない。しかし彼女が許してくれたおかげで、重くのしかかっていた罪悪感がすこし軽くなった気がした。


ジェル療法は終わり、翌朝退院することになった。辞表を書いているところへ、一人の将校が訪れた。また質問攻めにされるのかと思ったら、ちがった。

「面談があるので来てもらう」

胸の名札には鵜垣《うがき》とある。軍服と記章からすると陸軍の軍人だ。

「どなたからの呼び出しですか？」

「山崗大佐だ」

まさか、皇国に名だたる戦争功労者の？　つい確認してしまう。

「あ、あの山崗大佐ですか？」

「そうだ」

僕などになんの用事かわからず、口ごもった。

「い……いったいどんなご用件で」

「じかにおうかがいしろ。すぐに出られるか？」

「は……はい」

車で送られた先は乃木希典《のぎまれすけ》記念歌劇場だった。広い人工の池の中央に浮かぶように建っている。鵜垣にともなわれて南側の橋を渡った。中央ロビーには高名な大将の大きな大理石像が立つ。一九〇五年の日露戦争で失った多くの将兵を悼んで詠んだ漢詩も掲げられている。

職員は華やかな赤い上着姿だ。演目の『蝶々夫人の惑乱』にもとづく粘土像も飾られている。監督の井之上秀紀は、数年前に『水中芸者』を成功させた演出家だ。

階段を上がって二階のボックス席への通路にはいった。扉のまえに立つ案内嬢が言った。

「申しわけございませんが、幕間《まくあい》まではおはいりになれません」

「山崗大佐の客人だ」

鵜垣が告げると、案内嬢は表情を変えた。

「失礼しました。どうぞおはいりください」

鵜垣は通路にとどまり、僕は一人でボックス席にはいった。先客は十二人で、全員が歌舞伎の面をかぶっている。空いた席はないので、後方に立ってひかえた。先客たちはみな軍の記章がついたカフリンクスをしている。

演劇を眺めた。舞台を二つに分けた大仕掛けの演出だ。主筋は大舞台で進行するが、ときおり踊り手がガラスの橋を渡って客席のあいだの小舞台へ移り、脇役による脇筋が進行する。仏教式の祝言《しゅうげん》の場面で、主人公の蝶々さんはどういうわけか粗野なアメリカ人兵士に恋をした。紙吹雪が舞うなかで、舞台はさまざまな色の多数の板で仕切られる。それぞれの囲いのなかに日本人の求愛者がいるが、蝶々さんは冷たく袖にしていく。しかしこれは不合理な判断だ。なにしろアメリカ人兵士はよそ者で、一時的な火遊びだと友人の領事に認めているのだ。題名の〝惑乱〟とはそういう意味か。音楽は美しく、視覚面も異国情緒にあふれるおかげでなんとか見ていられる。照明は花の幻影を客席にも投影している。

幕間にはいると、ボックス席で面をかぶった人物の一人が立ち上がって僕を手招いた。僕はそこへ行って席にすわった。正面の人物が面をとると、山崗大佐だ。血統は日本人で、戦争功労者らしい威厳ある顔をしている。僕は立って最敬礼した。大佐は話した。

「このオペラのオリジナル版は、西欧列強の植民地支配への痛烈な批判材料として見ることができるのだ」

「どういうことでしょうか」

「アメリカ人海軍士官がうら若き日本人女性に求愛して、九百九十九年間結婚すると約束する。ところが約束を破って帰国してしまう。女は彼に恋いこがれて日本的なものをすべて拒絶し、さらに家族も国も捨てる。彼は三年後に帰ってくるが、すでにアメリカ人女性と再婚しており、冷酷にも子どもを奪っていく。蝶々さんは自害して果てる」

「ひどい話ですね」その程度の形容ではすまない口調で僕は答えた。

「その改訂版がこれだ。今回の蝶々さんはだまされたことに気づき、短刀を抜いて、アメリカ人士官の取り巻きたちと、領事と、後妻を刺し殺す。さらに夫を死ぬ寸前まで殴るが、生かしておいて生活費を稼がせる。ただし二度と不貞をできないように局部を切りとる。蝶々さんは息子とともに優雅な一生を送る。わたしは同盟国のイタリアを尊重しているが、この劇での日本人の描かれ方はあまりに類型的だ。この改訂版にすら虫酸《むしず》が走る。上演禁止にという声も皇国内にあるほどだが、戦前の西洋メディアにおいて皇国の臣民と文化の描かれ方がいかにお粗末だったかを知るようすがとして価値があると思う」

オペラ談義がはじまるとは思わなかった。無知を恥じるしかない。

大佐は話題を変えた。

「先の戦いでのきみの活躍は聞いている。水神少佐が称賛していた。きびしい選別眼の持ち主だった彼女のお眼鏡にかなうのは、まれなことだ」

「ありがとうございます」と答えながら、大佐が過去形を使ったことに気づいた。「〝だった〟とおっしゃいますと？」

「少佐は遺書と辞世の句を残して自害した。最期の短歌を聞きたいかね？」

辞世の句は人生を三十一文字に要約した歌だ。彼女が短刀で喉を刺す儀式的な死を選んだと聞いて愕然とした。

ありませんか？」

「せっかくですが遠慮いたします。このような切腹や自害は法律で禁止されているのでは

大佐は慨嘆《がいたん》の表情で答えた。

「そのとおりだ。改訂前の『蝶々夫人』について考えていたのはそのためだ。名誉の死が誤解されている。軍人こそ失敗から学ぶべきだ。貴重な経験を生かし、失敗をくりかえさないようにしなくてはならない。そのためにＵＳＪでは儀式的自殺が禁止されている。しかし少佐は、親しい同僚や部下を死なせて自分だけ生き残ったことに耐えられなかったのだろう」


僕は身につまされて、居心地悪くすわりなおした。

「わかります」


しかし本当にわかっているだろうか。少佐はラムズがはめられた罠に、責任と罪悪感を覚えたのだろうか。

「新型バイオメカの威力とテロ組織ＮＡＲＡとの連携について、少佐は興味深い報告をしてくれた。きみは以前にもＮＡＲＡと交戦したことがあるはずだな」

「はい。高校時代に彼らの襲撃を受けました。ナチスとは戦争になるでしょうか？」


質問というより、肯定を求める問いかけだ。やつらを叩きのめしたかった。

「ドイツは否定している。ＮＡＲＡの襲撃に参加したのは一部のならず者であり、実態調

査に協力すると言っている」

「信用できません」

大佐はきびしい目になった。

「証拠があるか？」

「葬儀の演説で大佐は――」

「あのときは必要なことを言ったまでだ。きみも敵を倒すために必要なことをやったはずだ。われわれは決然と対応すべきだし、武力を行使してみせるべきだ。しかしあれが総督の判断だった。わたしのではない」

「大佐なら異なる対応をなさいましたか？」

「たった一つの誤った判断で帝国が倒れることもあるのだぞ」

口をつつしむべきなのはわかっていたが、今回の悲惨な作戦を考案した愚か者が責任を問われないのは許せなかった。

「だれかの計画のせいで訓練生の大半が殺されました。捨て駒にされたのです。なのに計画そのものも失敗。友人たちは無駄死にです」

「きみの頭に渦巻いているものはわかる」

「失礼ですが、大佐、僕の頭になにが渦巻いているのか自分でもわからないほどです」

山崗大佐は笑った。ただし同情的な笑いだ。

「正直でよろしい。あの計画を立案したのは経験不足の少将だった。その正義にもとる策略については相応の処罰がなされるだろう。そもそも彼の案が採用されるべきではなかった。しかし総督の個人的友人という立場ゆえに耳を貸す者がいたのだ」

聞いて怒りを覚えた。しかし口に出すより先に、自分にも落ち度はあったと考えなおした。

「今回は全員に判断の誤りがあったと思います」

「きみは勝つために極端な戦法をとった。最終的な目標を達するために、枝葉末節は無視したわけだ」

「その言い方は美辞麗句がすぎると思います」

「ではどんな言い方をする？」

「生き残っただけです」

山崗大佐はにやりとした。

「それが戦争だ。NARAの大胆さは厄介だな。しかも攻撃規模は拡大している。大きな目標を持っていることは確実だ」

「皇国とナチスを戦わせて共倒れさせたいのです」

「だからこそ対独開戦には慎重でなくてはならない。GW団は熱狂的とはいえ限定的な敵だった。NARAはもっと狡猾だ。策謀につぐ策謀。その原動力は奇怪な宗教だ。ナチスと通じているのでうかつに手を出せない。ＵＳＪには変化が必要だ。きみを兵士として信頼してもかまわんか？」

「もちろんです。ただ、大佐、僕は兵士ではありません」

「高校での模擬戦試験の結果は見た。試験官の将校にギプスをはめさせたそうだな」

山崗大佐が僕の経歴調査をしていることに驚いた。

「はい、大佐」

「本来ならいま頃バークリー陸軍士官学校《BEMA》にいるはずだった」

「ありがとうございます。でも試験には落ちました」

「今後はどうする？」

「ＲＡＭＤＥＴは退職します」

「なぜだ？」

僕は深呼吸した。

大佐はじっとこちらを見て返事を待っている。

自分のなかの悲嘆をうまく表現できなかった。言葉を探したが、結局これしか言えなかった。

「多くの人が死にました」

「わたしもサンディエゴ紛争で大切な人々を失った」

大佐の弱々しい口調に驚いた。彼がサンディエゴで近親者を失っているとは知らなかった。大佐は続けた。

「わたしは怒り、辞職を考えた。しかし思いなおし、彼らを死なせた連中を叩くことに怒りをむけようと決心した。同胞の仇討ちをする機会がほしくないか？」

「仲間を殺したNARAの指導者は討ちました」

「問題はNARAの背後にいる勢力だ」

そこまでは考えていなかった。しかし可能性を考えはじめると、それが望みになった。

「もちろんです、大佐」

「ではその機会をやろう」

「といいますと？」

「正式な推薦状を書いた。水神少佐の賛辞と、橘大佐による三回目の試験結果再考要請とあわせれば、特別指名学生として入学を許可されるはずだ」

「特別指名学生……入学……」

「BEMAへ行くんだ。次年度から」

僕は驚愕した。聞きまちがいではないかと思った。

「二度落第していますが」再申請はすでに試して失敗していることを伝えた。

「問題はきみが腕を骨折させた中尉だった。二度とも彼が入学許可に反対したのだ」

「やはりそうでしたか」残念な気持ちになった。

「正式な再調査の結果、彼の判断には強い疑義が呈された。彼はすでに南極あたりへ飛ばされた。試験内容の再審査と実戦経験の評価から、その中尉の考えは誤りであると判定された。よって不合格判定はくつがえった」

「ありがとうございます」僕は心からの謝意を伝えるために日本語で言った。

「個人の偏見のせいできみが順当に入学できなかったのは残念だった。しかし誤りが正されたことをうれしく思う」

僕はよろこびと同時に不安も覚えた。このような特別な指名には見返りも求められるはずだ。あくまで僕らは駒なのだ。条件や制限があるなら知っておきたい。

「失礼ですが、なぜこれほど助けていただけるのですか?」

はっきりさせておきたかった。大佐はうなずいた。

「当然の疑問だな。時代はこれから困難になる。優秀な将兵を多く集めておきたいのだ。才能あるメカパイロットはそうそういない。きみにはその技能がある。わたしがやったのは、きみが本来進めたはずの道をあらためて開いただけだ。しかし組織内部に問題があるのも事実だ。BEMAはいま新型メカの試作機を開発中だ。当然ながらドイツは強い関心を持っている。そこできみにわたしの目となり、耳となってほしい。できるか?」

「で……できると思います」

「沈黙線に敵がいるのはたしかだが、彼らが攻勢に出ているのは、皇軍上層部に内紛や混乱による脆弱さが見えるからだ。サンディエゴでの戦闘は惨憺たるものだった。きみはよく知っているだろう」

大佐は僕の両親の死についても把握しているようだ。

「それだけではない。新総督による魔女狩りで軍の情報網は解体された。情報なしにどうやって戦争しようというのか。敵も勢いづいた。〝元帥〟と通称されるドイツ軍の戦争功労者もそうだ。彼はカリスマ性のある指導者で、第三帝国の改革をもくろみ、ナチスの最高司令部を動揺させている。彼の真意は不明だ。ドイツがもっとも恐れるはみ出し者が彼だと思う。当然だろう。彼はあらゆる戦いで勝ってきた。われわれは他人との戦いに勝つまえに、まず自分の家を整理整頓すべきだ」

「同感です」

「よろしい。では話は決まりだ」

本当にBEMAに入学できるのか。つまり正式なメカパイロットになれるのか。信じられない。しかし同時に千衛子のことが頭に浮かんだ。彼女の進路について考えた。詩人はラムズに残るだろうが、千衛子は最初からパイロット志望だった。

「ご厚意にさらに甘えるようで恐縮なのですが、お願いしたいことがあります」

「言ってみろ」

「生き残ったラムズの一人である千衛子は、とても優秀なパイロットです。彼女も士官学校の有益な人材になると信じます」

「指名を得るのは簡単ではないのだぞ」

「わかっています。しかし――」本当に言ってしまっていいのか。一方で戦場での出来事が頭に浮かんだ。「――彼女といっしょでなければ指名はお受けできません。ともに血を流した戦友です。彼女をおいて自分だけBEMAにはいるわけにはいきません」

山崗大佐はしばらくじっと僕を見つめた。これでBEMA入学のチャンスをふいにしてしまうだろうか。しかし意外なことに、それでもかまわないと思う自分がいた。

大佐は僕の決心を見て、にやりとした。

「忠誠心はすばらしいものだ。保証はできないが、調べさせよう」

「ありがとうございます」

「新年度の開講は三月だ。それまで数カ月は休みをとれ。BEMAの学生資格があれば皇国内のどこでも無料で飛行機に乗っていける。また些少《さしょう》ながら給付金も出る。軍人割引とあわせれば、宿泊費と食費はまかなえるはずだ。皇国を見てまわってこい」

大佐はまた面をつけた。僕は鵜垣にともなわれてボックス席から退去した。

本当にBEMAの候補生になれるのだろうか。

「オペラを最後まで見させてもらえませんか」僕は鵜垣に頼んでみた。

「大佐がきみの席を特別に手配されている」

席は最前列にあった。交響楽団も、役者の顔も間近に見える。歌の途中では凝った衣装の早替わりがおこなわれた。蝶々さんが自分をだました者たちに復讐をはじめると、大きな満足感をおぼえた。ラムズの仲間を思い出し、懐かしく思った。

みんなの仇は僕がとる。

本書は、二〇一八年四月に新☆ハヤカワ・SF・
シリーズ版と同時に文庫二分冊で刊行されました。

ユナイテッド・ステイツ・オブ・ジャパン（上・下）

United States of Japan

ピーター・トライアス

中原尚哉訳

第二次大戦で日独が勝利し、巨大ロボット兵器「メカ」が闊歩する日本統治下のアメリカで、帝国陸軍の石村大尉は特別高等警察の槻野とともに、アメリカが勝利をおさめた歴史改変世界を舞台とする違法ゲーム「ＵＳＡ」を追うことになるが——二十一世紀版『高い城の男』と呼び声の高い歴史改変ＳＦ。解説／大森望

ネクサス（上・下）

NEXUS

ラメズ・ナム
中原尚哉訳

ポストヒューマンの存在が現実味を増し、その技術が取り締まられるようになった近未来。記憶や官能を他人と共有できるナノマシン、ネクサス5を生み出した科学者ケイドは、その存在を危険視した政府の女性捜査官サムに捕らわれてしまい中国の科学者朱《ジュウ》・水暎《スイイン》を探るスパイとなることを命じられるが⁉　解説／向井淳

ハヤカワ文庫

死者の代弁者〔新訳版〕（上・下）

Speaker for the Dead

オースン・スコット・カード

中原尚哉訳

〔ヒューゴー賞／ネビュラ賞受賞〕エンダーの異星種族バガー皆殺しから三千年後、人類はついに第二の知的異星種族と遭遇した。新たに入植したルシタニア星に棲むピギー族が高い知性を持つことが発見されたのだ。バガーのときと同じ過ちを繰り返さないため、人類は慎重にピギー族と接するが……。解説／大野万紀

ハヤカワ文庫

タイム・シップ〈新版〉

The Time Ships

スティーヴン・バクスター

中原尚哉訳

〈英国SF協会賞／フィリップ・K・ディック賞受賞〉一八九一年、タイム・マシンを発明した時間航行家は、エロイ族のウィーナを救うため再び未来へ旅立った。だが、たどり着いた先は、高度な知性を有するモーロック族が支配する異なる時間線の未来だった。英米独日のＳＦ賞を受賞した量子論ＳＦ。解説／中村融

ハヤカワ文庫

訳者略歴　1964年生，1987年東京都立大学人文学部英米文学科卒，英米文学翻訳家　訳書『ユナイテッド・ステイツ・オブ・ジャパン』トライアス，『ネクサス』ナム，『神の水』バチガルピ，『折りたたみ北京　現代中国ＳＦアンソロジー』リュウ編（共訳）（以上早川書房刊）他多数

HM=Hayakawa Mystery
SF=Science Fiction
JA=Japanese Author
NV=Novel
NF=Nonfiction
FT=Fantasy

メカ・サムライ・エンパイア

〔上〕

〈SF2179〉

二〇一八年四月二十日　印刷
二〇一八年四月二十五日　発行
（定価はカバーに表示してあります）

著者　ピーター・トライアス
訳者　中《なか》原《はら》尚《なお》哉《や》
発行者　早川　浩
発行所　株式会社　早川書房
郵便番号　一〇一 - 〇〇四六
東京都千代田区神田多町二ノ二
電話　〇三 - 三二五二 - 三一一一（大代表）
振替　〇〇一六〇 - 三 - 四七七九九
http://www.hayakawa-online.co.jp

乱丁・落丁本は小社制作部宛お送り下さい。
送料小社負担にてお取りかえいたします。

印刷・精文堂印刷株式会社　製本・株式会社川島製本所
Printed and bound in Japan
ISBN978-4-15-012179-2 C0197

本書は活字が大きく読みやすい〈トールサイズ〉です。